「すまない、シャーロット。事情はあとで必ず説明する」
「ユージーンさま……？」
「だから、今は何も聞かず、俺に抱かれてくれ」

冷徹な貴公子、絶倫になる

～仕事中毒だけど溺愛蜜月になりました～

なかゆんきなこ

Vanilla文庫

冷徹な貴公子、絶倫になる

仕事中毒だけど溺愛蜜月になりました

Contents

イラスト／ウエハラ蜂

プロローグ

窓面を大きくとったガラス張りのウィンドウ越しに、初秋の日差しが燦々《さんさん》と降り注ぐ。

ここは王都に居を構える、アッシュベリー子爵家自慢の温室だ。室内では東方の国より伝来したとされるオレンジの樹がいくつも育てられており、陽光を浴びて青々と葉を茂らせ、屋内ながらもまるで森の中にいるかのような気分を味わわせてくれる。

この温室でお茶を飲むのが、シャーロットは昔から大好きだった。

家族や友人達と共に香り高いお茶と甘いお菓子を楽しみ、おしゃべりに興じる。そういう時、テーブルに落ちる木の葉の影や、室内に漂《ただよ》う明るく爽《さわ》やかなオレンジの芳香が、いつも彼女の心を浮き立たせてくれるのだ。

ちょうど今も、オレンジの樹には白い花が咲き、小ぶりな実がたわわに生《な》り、シャーロットの愛する香りをふんだんに放っている。

しかしながら現在、お茶のテーブルを囲む彼女の表情は緊張に強張《こわば》っていた。

それというのも全て、シャーロットの目の前で優雅にティーカップを傾ける青年に原因がある。

「…………」

シャーロットはちらりと、向かいに座る彼の姿を窺《うかが》った。

冴《さ》え冴《ざ》えとした銀色の髪は少し長めながらも清潔に整えられている。伏せがちの瞳は、アメジストを嵌《は》め込《こ》んだような美しい紫。すっと通った鼻筋に、凜々《りり》しい眉《まゆ》。形良い唇はほんのり桃色に色づいており、男性的な勇ましさと女性的な繊細さが絶妙なバランスで同居する、非常に美しい容貌の青年だ。

彼の名はユージーン・レンフィールド。代々この国の宰相を輩出する名門侯爵家の嫡男で、本人も最年少で文官登用試験を通り、現在は宰相府に勤めている。

年齢は今年の春に十八歳になったシャーロットより五つ上の二十三歳で、高貴な血筋に優れた能力、整った容姿と、三拍子揃《そろ》った人物だ。故《ゆえ》に、社交界での女性人気も高い。どこか冷たさを感じる美貌から、令嬢達の間では『氷雪の貴公子さま』と呼ばれていた。

対するシャーロットは、ふわふわの金髪に春の昼空を思わせる青い瞳の持ち主。白いレースやリボンをあしらった淡いピンク色のドレスがよく似合う、とても可愛《かわい》らしい顔立ちをしている。

彼女は王国の東部に小領を持つアッシュベリー子爵家の長女で、父と兄が文官として王宮に出仕しているため、生まれた時から家族と共に王都の屋敷で暮らしていた。

（……本当に、まるで物語に登場する王子さまのような方だわ……）

シャーロットは、ユージーンと対面してから何度思ったかしれない彼の印象を、心の中で呟《つぶや》く。

ただ遠目に姿を垣間《かいま》見るだけだったなら、彼女は素直に見惚《みと》れることができただろう。

けれどいざ共にテーブルを囲むとなると、彼の美貌や肩書への気後れが勝る。

何より、ユージーンがわざわざこの屋敷へ足を運んだ『理由』が、シャーロットには未《いま》だに信じがたく、いっそう居心地を悪くさせるのだった。

ついさっきまでこの場に同席していた両親が、気を利かせてシャーロット達を二人きりに——扉近くに使用人が控えているので、正確には違うが——してしまったのも、緊張に拍車をかけている。

『あとは本人同士で話してみたらいいと思うの』

さも妙案だとばかり、得意げに言い放った母の言葉が頭を過《よぎ》り、シャーロットはふっと苦い笑みを浮かべた。

話してみたらと言われても、昔から人見知りの気がある彼女にとって、それはとても困難な提案だ。現に今、どう話しかけていいかもわからず、ちびちびと紅茶やお菓子に口をつけて場をやり過ごしている。

そしてユージーンも、あまりおしゃべりが得意な人ではないようだ。シャーロットの両親が同席していた折には、端的ながらも用件をしっかり話していたが、二人きりになったとたん黙してしまった。

微笑一つ浮かべず、目の前で淡々とお茶を飲み進める美青年と二人きり。

気まずい。とても気まずい。

こんなことなら、両親に同席してもらっていた方がまだよかったのではないだろうか。

そう思いつつ、シャーロットがガラスの器に美しく盛り付けられたマカロンに手を伸ばすと、たまたま同じものをとろうとしたらしいユージーンの指にぶつかった。

「あっ」

シャーロットは慌てて手を引っ込める。

「ご、ごめんなさい、ユージーンさま」

「いや、こちらこそ失礼を……」

言って、ユージーンは二人共が狙《ねら》っていたピンク色のマカロンを、「よかったら、君が」とシャーロットに譲ってくれた。

「ありがとうございます」

「ああ」

そして彼は代わりに、その隣にあった黄色のマカロンを摘まむ。

「………」

ユージーンは、可愛らしいお菓子を無表情のまま口に運んだ。

どことなく不似合いなその光景を、シャーロットはついまじまじと眺《なが》める。

お茶菓子として並んでいるマカロンは、実はシャーロットが手ずから作ったものだ。

テーブルには他に、ユージーンが手土産《てみやげ》に持ってきてくれた人気菓子店のクッキーなども並んでいるのだが、そういえば、彼が茶菓子に手をつけるのはこれが初めてかもしれない。

シャーロットなら数口に分けて齧《かじ》る少し大きめのマカロンを、ユージーンはぱくりと一口で頬張《ほおば》る。

（あ……）

彼の口に合うだろうかと、今更ながら不安に思うシャーロットの目の前で、ユージーンの表情がふわりと甘く綻《ほころ》んだ。

まるで地表を覆《おお》う冷たい氷が解け、うららかな春が訪れたかのように、彼の顔が温かい笑みに彩られる。

「……っ」

その麗《うるわ》しい微笑を目にした瞬間、シャーロットの胸がトクンと高鳴った。

「やはり、君の作るお菓子は美味《おい》しいな」

（ユージーンさま……）

唯一の特技ともいえる菓子作りの腕を褒《ほ》められて、シャーロットの頬がほのかに赤らむ。

「あ、あの……」

先ほど彼の笑顔を直視してしまった衝撃からか、妙に心が騒いで落ち着かない。

「そう言っていただけて、とても嬉《うれ》しいです」

彼女は内心の動揺を誤魔化《ごまか》すようにはにかみながら、喜びの言葉を口にした。

もちろん、これはただのお追従《ついしょう》ではなく、シャーロットの偽《いつわ》らざる本音だ。

それまでむっつりと押し黙っていたユージーンが自分の作ったお菓子を食べ、美味しいと感じ、笑ってくれたこと。そして、褒めてくれたこと。全てが彼女の心をくすぐり、温かな喜びを与えてくれる。

おかげで、緊張も少しばかり和《やわ》らいだ気がした。

「ありがとうございます、ユージーンさま」

「シャーロット嬢……」

彼は、いかにも思わずといった風に彼女の名を呟く。

そして、意を決したようにシャーロットをまっすぐ見つめ、言った。

「俺の望みは、先ほどご両親にも告げた通りだ。突然のことで困惑する気持ちもわかるが、できれば受け入れてほしいと思っている」

「え、と……」

これから他愛《たあい》ない話などをしてちょっとずつ距離を縮めていくのかと思いきや、ユージーンはいきなり本題を切り出してきた。

さらに彼は席を立ち、シャーロットの傍《そば》に歩み寄ると、なんの躊躇《ためら》いもなく跪《ひざまず》く。

「ユ、ユージーンさま⁉」

突然の行動に目をぱちくりとさせる彼女の手をとって、ユージーンは告げた。

「シャーロット嬢。俺には君が必要だ」

「そ、それは……」

「どうか、俺と結婚してほしい」

「あ、あの……」

「俺の妻となり、俺のために毎日、お菓子を作ってくれ」

「……っ」

そう。次代の宰相として将来を嘱望《しょくぼう》され、多忙な生活を送る彼が貴重な休日にわざわざアッシュベリー子爵邸を訪れたのは、シャーロットに求婚するためだったのだ。

(私なんかが、ユージーンさまの妻になるなんて……)

あらかじめ用向きは伝えられていたから、シャーロットもユージーンの目的は承知していた。

しかし、それでもなお、彼女は信じられない気持ちでいっぱいだった。

彼ほどの人なら、他にもっと相応《ふさわ》しい結婚相手がいるだろう。

貴族とはいえ、アッシュベリー家は下から二番目の子爵位で、小領しか持たない下級貴族。

対するユージーンは高位貴族である侯爵家の嫡男だ。釣り合わない。

ましてシャーロットとユージーンは、今日この温室で顔を合わせるまでまったく面識がなかった。

それなのに何故《なぜ》、彼がシャーロットを妻にしたいと望んでいるのか。

全てのことの発端は、数日前に遡《さかのぼ》る。

第一章

シャーロット・アッシュベリーの朝は、貴族令嬢にしてはとても早い。

彼女はいつも他の家族より二時間ばかり先に起きて身支度《みじたく》を整えると、一階の離れにある厨房《ちゅうぼう》へ向かう。ここは屋敷内の食事を賄《まかな》う厨房とは別に増設された、シャーロットのためだけの小さなお城だ。

シャーロットは邪魔にならないよう長い髪をきっちりと結い上げ、動きやすい簡素なドレスの上に白いエプロンを纏《まと》っている。そうして準備万端足を踏み入れた厨房には一人、専属のキッチン・メイドがいて、シャーロットの日課——お菓子作りを手伝ってくれる。

「おはようございます、シャーロットお嬢さま」

「おはよう、ナンシー。今日もよろしくね」

キッチン・メイドのナンシーが揃えてくれていた材料を確認すると、シャーロットはさっそく作業にとりかかった。

まずは分量をきっちり計量して、小麦粉や重曹《じゅうそう》などをダマにならないよう丁寧に篩《ふる》い、砂糖とオイル、卵、ナツメグ、レーズン、それから粗挽《あらび》きのナッツとニンジンをたっぷり加え、木ベラで切るように混ぜる。ニンジンは千切りにしたものと擦り下ろしたもの、両方を使うのがポイントだ。

（美味しくなりますように）

そして、これを食べてくれる人が元気になりますように。喜んでくれますように。

そう祈りを込めてシャーロットが材料を混ぜ合わせていくと、琺瑯《ほうろう》製のボウルの中で、オレンジ色の生地がポウッっと白い光を放つ。

この光は、魔法の力が働いた証《あかし》。つまりシャーロットは、魔法を使えるのだ。

かつてこの世界には、多くの魔法使いや魔女が暮らしていた。彼らは薬草やまじないの知識に長《た》け、魔法を行使し、人々の生活を豊かにする手助けをしていたという。

しかし彼らは時の流れと共に数を減らし、今ではずいぶんと少なくなっている。

シャーロットの母方の曾祖母《そうそぼ》は、そんな現代では希少《きしょう》な魔女の一人だった。

現在、血族の中で曾祖母の力を受け継いだのはシャーロットのみ。

そして彼女が使える魔法はたった一つ。自分が作ったお菓子を『食べた人が元気になる魔法のお菓子』にすること、だった。

この力が発現したのは八年前、シャーロットが十歳になったばかりのころだ。

彼女は母親に教わって、初めてクッキー作りに挑戦した。

その時、クッキー生地を捏ねながら「食べてくれる人が喜んでくれますように、美味しくなりますように」と祈りを込《こ》めたら、生地が光を放ったのだ。

これは魔法なのではないかと判断した両親は、父の伝手《つて》を使って当時王宮に仕えていた魔法使い——ロードリック・カトラルを屋敷に招き、シャーロットと、彼女が作ったクッキーを鑑定してもらった。

それによって、シャーロットが一つだけ魔法を使えることと、その効果が明らかになったのだ。

お菓子の魔法の効果は、食べると疲れが癒《い》え、元気になる、というもの。

ささやかな力ではあったが、それまで特段取柄もなく、何をやっても人並みで、優秀な兄や愛嬌《あいきょう》があって愛らしい妹に比べたら自分は地味で平凡すぎるとちょっぴりコンプレックスに感じていたシャーロットは、自分にも人の役に立てる力があるのだと知って嬉《うれ》しかった。そして、お菓子作りに熱中していったのだ。

家族や友人達は、シャーロットのお菓子を「美味しい」「どんなに疲れていても、シャーロットのお菓子を食べると元気になれる」と喜んでくれた。

特に父などはシャーロットが十二歳の年、お菓子作り専用の厨房を造ってくれたほどだ。

以来シャーロットは、自分のお菓子を喜び、必要としてくれる人達のため、毎日のように厨房に入り、お菓子を作っている。

日々何種類ものお菓子を、しかも大量に作るのでやるべきことは多かったし、中には大変な力仕事もあったが、彼女はちっとも苦には思わなかった。元々、こういう作業が性《しょう》に合っていたのだろう。

自分の手で甘いお菓子をこしらえるのはとても楽しい。シャーロットにとってお菓子作りは大好きな趣味であり、唯一誇れる特技でもあった。

（こちらの生地はしばらく休めておいて、次は……）

頭の中に浮かべた作業工程を次々と消化していくうち、朝の時間はあっという間に過ぎていく。レシピによっては朝の数時間では足りないものも多かったが、そういうお菓子は前日に仕込みを済ませておいて、あとは焼くだけ、仕上げるだけの状態にしてあった。

今オーブンで焼いているジンジャークッキーも、昨夜生地を作っておいたので、今朝は型抜きして焼くだけだった。

生地を伸ばし、クッキーカッターでくり抜いて、鉄板に並べていく。今回選んだのは可愛らしいウサギ型のもので、シャーロットのお気に入りだ。

「お嬢さま、第一陣が焼き上がりました」

ナンシーが扉を開けたオーブンから、ふわりと甘い香りが漂ってくる。そこにほのかに混じっているのは、スパイシーなジンジャーの匂い。

そういえば、初めて作ったお菓子——自分の魔法を知るきっかけになったお菓子もこのジンジャークッキーだったと、シャーロットは懐かしく思い返す。

　これは母が自分の祖母、つまり魔女であったシャーロットの曾祖母から教わったという、伝統のレシピを元に作ったものだ。母が幼いころ、よく曾祖母と一緒に作っていたらしい。

「よいしょ……っと」

　ナンシーは両手にミトンをつけ、熱々の鉄板をオーブンから取り出した。

「よかった。上手に焼けているわね」

「はい、とっても美味しそうです」

　鉄板の上に並んだクッキーは割れや欠けもなく、こんがり狐色《きつねいろ》に焼き上がっている。

　本当は冷ましてからの方が美味しいのだが、焼き立てを食べられるのは作った者の特権だからと、シャーロットはナンシーと共に一枚ずつ味見することにした。

　火傷《やけど》しないよう慎重に、まだ熱いクッキーを一口齧る。

　焼き上がったばかりのクッキーは、少しだけ柔らかい。時間を置き、冷めるごとにサクサクの食感に変わっていくのだ。

　サクサクのクッキーももちろん美味しいが、シャーロットはほんの少ししっとりとした、柔らかい食感のクッキーも好きだ。

「美味しい……」

　ナンシーが至福の表情で呟く。

シャーロットもにっこりと微笑《ほほえ》み、「ええ、味も申し分ないわ」と満足げに頷《うなず》いた。

素朴で優しい甘さと、ジンジャーのピリリッとした辛みが互いを引き立て合っていて、とても美味しい。さらに、身体の芯がぽかぽかと温まって、力が漲《みなぎ》ってくる。シャーロットの魔法がちゃんと効いている証拠だ。

この調子で、残りの生地もどんどん焼いていこう。

シャーロットとナンシーは味見用のクッキーを食べ終え、再び作業に戻った。


それから一時間ほど過ぎて、時計の針が午前八時を指すころ、シャーロット付きの侍女メアリーが主人を呼びにきた。

「シャーロットお嬢さま、朝食のお時間ですよ」

「あら、もうそんな時間なの？」

厨房の壁にも時計が一つあるのだが、お菓子作りに夢中になってしまうシャーロットが自分から約束の時間に気づいたことはほとんどない。

いつも迎えに来てくれるメアリーは、粉まみれになってお菓子作りに没頭する主人を見る度に「困ったお嬢さまだこと」と肩を竦《すく》める。しかし、シャーロットに向ける眼差《まなざ》しには温かな親愛の情が籠《こも》っていた。

メアリーは、いや、彼女だけでなくこの屋敷の使用人達は、自分達にも惜しみなく手作りのお菓子を振舞ってくれるシャーロットお嬢さまのことが大好きなのだ。

「お嬢さま、後のことは私にお任せください」

「ありがとう、ナンシー。それじゃあ、よろしくね」

シャーロットは厨房をナンシーに任せ、メアリーの手を借りてささっと身形《みなり》を改めると、家族の待つ食堂に向かう。そこにはすでに両親と兄、妹が揃っていて、今日も最後に現れたシャーロットを「おはよう」と温かく迎えてくれた。

「おはようございます、お父さま、お母さま、お兄さま、ジェシカ。お待たせしてごめんなさい」

家族に挨拶《あいさつ》してから席につくと、すかさず給仕役の使用人が朝食を運んできてくれた。

味見用にお菓子を少し摘まんだきり、他は何も食べずにずっと厨房に立っていたので、シャーロットはとてもお腹《なか》が空《す》いている。食前の祈りを済ませると、さっそくとばかりパンを手にとった。

そんな娘を愛《いと》おしげに見やり、シャーロットの父――モーリス・アッシュベリー子爵が口を開く。

「シャーロット、今日はどんなお菓子を作ったんだい？」

彼はシャーロットと同じくふわふわと癖のある金髪に青い瞳の持ち主で、ぽっちゃりとした体形をしている。愛嬌のある、人の善さそうな容貌の紳士だ。

シャーロットは口の中のパンを咀嚼《そしゃく》しごくんと飲み込んでから、父の質問に答えた。

「お父さまとお兄さま用に、ほんのりラム酒を利かせたカヌレ。お母さまのお茶用のスコーン、私とジェシカのおやつにするキャロットケーキに、使用人達に食べてもらうジンジャークッキーです」

「今日もそんなにたくさん作ったのか。大変なんじゃないか？」

無理しなくていいんだぞ、と優しい言葉をかけてくれたのはシャーロットの兄、セシルだ。

彼はシャーロットとは違い、癖のないまっすぐな金髪に緑の瞳を持った二十歳の青年で、温厚そうな整った顔立ちをしている。

「ありがとうございます、お兄さま。でも大丈夫。昨日のうちに下準備をしていたし、お菓子作りが大好きだからちっとも苦に感じないわ」

「お姉さまはお菓子馬鹿だものね」

くすくすと笑いながら憎まれ口を叩《たた》くのは、アッシュベリー家の末っ子、ジェシカ。

シャーロットより五つ年下、十三歳のジェシカは兄と同じく癖のない金髪に、父親譲りの青い瞳をした愛らしい少女で、よくシャーロットのことをからかってくる。でも、だからといって姉を嫌っているわけではない。単に生意気盛りなだけで、心を許している相手、特に家族にはつい、口が悪くなってしまうのだ。

「もう、そんな風に言うなら今日のおやつはなしにするわよ」

「ええっ、それはいや！」

ニンジンを象《かたど》ったマジパンで可愛らしく飾ったキャロットケーキは、ジェシカの大好物である。それを取り上げられるのは困るとばかり、ジェシカは慌てて謝った。

「ごめんなさい、お姉さま。私、お姉さまのお菓子大好きよ」

「まあ、ジェシカったら現金ね」

苦笑を浮かべて口を開いたのは、三兄妹の母であるオリヴィア。兄と同じ癖のない金髪に緑の瞳を持つすらっとした体形の美人だ。男爵家の出で、モーリスとは政略結婚だったがすぐに相思相愛になり、子ども達が大きくなった今も二人の仲は睦《むつ》まじい。

「それよりもシャーロット、今日は午後から仕立て屋が来ますからね。いつかのように約束を忘れて、厨房に籠りっぱなしというのは許しませんよ」

「……はい、お母さま」

従順に頷きながらも、シャーロットは心の中で「はあ……」と嘆息する。

オリヴィアは娘達に新しいドレスを仕立てるのが好きで、一度仕立て屋を呼ぶとあれこれと生地やデザインを吟味するのに時間をかけ、なかなか放してくれない。

可愛いドレスはシャーロットだって好きだけれど、何十枚もの布見本を見せられ、ああでもない、こうでもないとデザインを固めていく作業に加わるより、レシピの本を読んだり、実際に厨房に立ってお菓子を作ったりする方がよかった。

今日も時間がかかるのだろうなと思うと、少し憂鬱《ゆううつ》だ。

（それに、社交用の華やかなドレスよりも、もっとシンプルで動きやすい、汚してもいいようなドレスが欲しいわ）

もっとも、そんなことを口にしたら母に怒られるに違いないけれど。

オリヴィアはシャーロットのお菓子を喜んでくれる反面、年頃の娘がお菓子作りにばかり夢中になっていることを案じてもいるのだ。シャーロットにはもっと積極的に社交場へ繰り出し、将来の結婚相手を見つけてほしいと願っている。

だが内向的な性格のシャーロットにとって華々しい社交界は敷居が高く、結婚はおろか、恋愛にもあまり興味が持てない。いっそ独身のまま家を出て、魔法のお菓子屋を開くのも悪くないのではないかとさえ思っているくらいだ。

だからシャーロットにはまだ、自分がそう遠くない未来、誰かと結婚して家庭を築くなど、想像もつかなかった。

朝食のあとは、出仕するために身だしなみを改めた父と兄を、残る家族と使用人達とで見送る。その際、シャーロットはナタリーから差し出されたバスケットを父に手渡した。

中には料理長がこしらえた昼食と、シャーロットが今朝焼き上げたばかりのカヌレが入っている。彼女が家族と朝食を済ませている間に、ナタリーが詰めてくれたのだ。

こうして毎朝、出仕する父と兄のためにお菓子を作り、それと昼食の入ったバスケットを手渡すのが、シャーロットの大事な役目でもあった。

「おお、ありがとうシャーロット。今日はカヌレだったね。いや、楽しみだなぁ」

「父上、いつかのように馬車の中で全部食べてしまうのはなしですよ」

セシルが笑いながら父を咎《とが》め、同じくシャーロットからバスケットを受け取る。

「ありがとう、シャーロット。お前のお菓子のおかげで、うちの部署は繁忙《はんぼう》期にも疲れ知らずでいられるよ」

モーリスとセシルは共に財務省の税務部に所属している。アルメリア王国では毎年十月に各貴族が自領から徴収した税のうち、国に払う分を納入することになっているため、その準備に追われ、今の時期の税務部はとても忙しい。

それがわかっているから、シャーロットもいつも以上に心を込めて、食べたら元気になれる魔法のお菓子をこしらえたのだ。

「少しでもお力になれているのなら嬉しいです、お兄さま。今日もたくさん作っておいたので、同僚のみなさまと一緒に召し上がってくださいね」

そう言って、シャーロットは笑顔で父と兄を見送った。

まさかこの時父に渡したお菓子が、回り回って思わぬ事態を招き寄せることになるなんて……と、のちにシャーロットは回想することになる。

◇　◇　◇

ユージーン・レンフィールドの朝は早い。

王宮では部署によって多少の差はあるものの、文官の始業時刻は大体午前九時と決まっているのだが、彼は一時間、日によっては二時間ほど早く執務室に入り、業務を開始する。

何故そんなに早く出勤しているのかというと、そうしなければ処理できないほど大量の仕事を、ユージーンが抱えているからだ。

このアルメリア王国において、文治を司《つかさど》る文官達の頂点にあるのが宰相。そして、宰相を補佐する役割を担っているのが、宰相府に所属する宰相補佐官達である。

宰相補佐官は各省庁と宰相を繋《つな》ぐ重要な務めで、故に業務内容も多岐に渡り、日々多忙を極めている。特にこの時期は各領地からの納税も控えており、それに関わる事務処理で普段に輪をかけて忙しかった。

しかも最年少で宰相補佐官となったユージーンは、他の先輩補佐官達がある程度自分の仕事を部下達——宰相補佐官が独自の権限で抱えることを許されている、自分専用の事務官のことだ——に割り振っているのに対し、全てを一人でこなしている。

かつては彼にも信頼して仕事を任せられる部下がいたのだが、とある事情で辞めてしまった。その後、周りの勧めで迎えた部下とは馬が合わず、その事務官は他の部署へ異動した。以来、新しい部下を教育するのに手間をかけるくらいなら自分一人でやった方がいいと、部下を迎えることをやめてしまったのだ。

雑用を担当する従者が付いてはいるが、基本的に、任せられた業務は彼が一人で処理している。

そしてユージーンの父であり、当代の宰相を務めるエリオット・レンフィールド侯爵は実の息子にも容赦なく、部下を持たずにいるのはユージーンの勝手なのだからと、他の補佐官達より仕事を減らしてやるというような優遇は一切せず、周りと同量、時にはそれ以上の業務を彼に差配するのだった。

それでも与えられた仕事をこなせているのは、ユージーンが有能であるが故だろう。

また、本人も一人で多くの業務を抱える羽目になったのは自己責任だと理解しているため、仕事量に文句を言うことはなかった。

あるいは、息子の能力を試すように次々と仕事を押し付けてくる父宰相に対する意地もあったのかもしれない。

とにかく彼は、誰よりも早く執務室に入り、時には遅くまで残業し、山のように積み上がっている業務と格闘する日々を送っている。

徹夜で仕事することも珍しくはなかったため、多少の睡眠不足や体調不良は感じていたが、本人はあまり気に留《とど》めていなかった。

そもそもユージーンは、この仕事が好きなのだ。

彼は何も、代々宰相を輩出する家の跡継ぎだからという理由で文官の道を選んだわけではない。自分にはこういう仕事が性に合っていると思ったし、実際、やりがいを感じている。文官として王に仕え、国を支えていく職責に対する誇りもあった。

そんなユージーンを知る人々は、彼のことを『仕事中毒のユージーン』と呼んでいた。


この日も黙々と目の前の業務をこなしていくうちに、あっという間に昼時となった。

文官は一時間ほど昼食休憩をとることが認められている。しかしユージーンは大抵、この時間も仕事をしていた。元々食が細いので、一食や二食抜いても苦にならない。ゆっくり休憩する暇があったら、一枚でも多くの書類を処理したかった。

だから今日も、そうするつもりでいたのだが……

「レンフィールド補佐官、たまにはしっかり休憩をとった方がいい」

「そうそう、今のままじゃ作業効率も落ちるよ」

「それでも俺達の誰より仕事が早いって、さすがだけどな」

ユージーンの仕事中毒ぶりを見かねた先輩補佐官達が、確認途中だった書類の束を取り上げ、休憩をとるよう強く勧めてきた。

日ごろは好きにさせてくれている彼らがわざわざ心配して口を出してくるくらいだから、よほど顔色でも悪く見えたのだろう。言われてみれば確かに、ここのところ睡眠時間が減っているためか、いつも以上に身体が重く感じられた。

「……わかりました。少し出てきます」

ユージーンは、先輩補佐官達の助言を受け入れることにした。本音を言えば休まず仕事をしていたかったが、彼らの親切心を無視してまで我を通したいわけではない。

さりとて、昼食をとるためにわざわざ混雑しているだろう王宮の食堂に行く気にもなれず、彼は静かに休める場所を探して中庭に出た。

広大な王宮の敷地内には、大小様々な庭が存在する。そのうちの一つ、宰相府から少し歩いた先にある小さな中庭はとりたてて見るものもなく、いつも閑散としていた。

先輩補佐官達からは、最低でも一時間は帰ってくるなと言われているので、ここでしばらく時間を潰《つぶ》そう。ベンチに腰かけ、仮眠をとるのもいいかもしれない。

そんなことを思いながら、木陰に設置された木製のベンチに座る。

季節は夏を過ぎ、秋を迎えたばかり。ぽかぽか暖かい光が地上を優しく照らし、梢《こずえ》の間を涼しげな風が通り抜けていく。屋外で過ごすにはちょうどいい時期だ。

けれど、ただじっとしているだけというのはどうにも落ち着かないなと、ユージーンは思う。仮眠をと考えていたが、睡魔はちっとも襲ってこない。こんなことなら書類を持ってくるんだったと、先輩補佐官達に取り上げられた書類の束を惜しく思っていると、こちらに向かって歩いてくる人影に気づいた。

（あれは……）

確か、税務部に所属しているモーリス・アッシュベリー子爵だ。温厚な人柄と誠実な仕事ぶりで、上司からも部下からも厚く信頼されていると聞く。

「おや、この庭に先客とは珍しい。同席させていただいてもよろしいですかな？」

モーリスはにこにこと笑みを浮かべ、ユージーンに話しかけてきた。

なんでも、この庭は彼がよく昼食休憩をとっているお気に入りの場所なのだという。腰かけられるようなベンチは一つしかなく、必然、モーリスはユージーンと相席することになる。

「ええ、構いませんよ」

約束の時間まではまだまだある。今から他の場所を探すのも面倒だったので、ユージーンは快く頷いた。

（それにしても……）

いそいそと隣に腰かけたモーリスをちらりと伺い、ユージーンはふと疑問に思う。

この時期はどこの部署も激務に追われ、大なり小なりみんなやつれているというのに、モーリスはくたびれた様子もなく、むしろ非常に壮健な様子だ。

（そういえば、この間顔を合わせた税務部の文官も、残業続きだと言っていた割に元気そうだったな……）

納税を控えた今、税務部は一番の繁忙期であるはずなのに。

かといって、彼らが仕事に手を抜いているということはないだろう。

税務部の業務が滞りなく行われていることは、ユージーンもよく知っている。

（何か、効率的に仕事を進める秘訣《ひけつ》でもあるのだろうか）

あるいは、激務の中でも健康を保つ方法……とか。

もしそんなものがあるのなら、ぜひ聞いてみたい。

ユージーンがそう思っていると、昼食の入ったバスケットを開けたモーリスが、彼にこう問いかける。

「レンフィールド補佐官は、もう昼食はお済みですか？」

「……いえ」

特に食欲もないので、とるつもりがない。むしろ休憩もするつもりがなかったのだが、先輩達に言われて仕方なく休みにきたのだ、と答えれば、モーリスは青い瞳をぱちくりと瞬かせた。

「なんと……。それではお身体に障《さわ》りますぞ。私のサンドイッチを少し分けてさしあげましょうか？」

モーリスは、自分の昼食を半分、ユージーンに渡そうとする。

（う……っ）

しかし見るからにボリュームたっぷりなサンドイッチを食べる気になれず、彼は「お気持ちだけ、ありがたく受け取っておきます」とやんわり断った。

「むむ……。ではせめて、この焼き菓子を一つ召し上がってくださいませんか？」

そう言ってモーリスが差し出してきたのは、バスケットの半分ほどを占めていたチョコレート色の焼き菓子——カヌレだ。一つ一つは小さいが、やけにたくさん入っている。まさかこれを一人で食べるつもりだったのか？　と、ユージーンはぽっちゃりした体形のモーリスをまじまじと見つめる。

「これはうちの上の娘の手作りなのですよ。お菓子作りが上手な優しい子で、毎日早起きして家族のためにお菓子を作ってくれるのです。同僚や部下達の分もとたっぷり持たせてくれたので、遠慮なさらず、お一つどうぞ」

あ、一つと言わず二つでも三つでも構いませんぞと、モーリスは人の善い笑みを浮かべる。

そこまで言われては断りきれず、ユージーンはカヌレを一つ受け取った。

「ふふふ。実はですね、うちの娘のお菓子は特別なのです。食べると心身共に元気になれる、魔法のお菓子なのですよ」

（魔法のお菓子、ねえ……）

どうせ、可愛い娘の手作りの品だから、そう特別に感じられるだけだろう。

たとえどんなに不味《まず》くて不出来なお菓子でも、この男なら「娘のお菓子は世界一だ！」と言いそうだなと、ユージーンは思った。

「では、ありがたくいただきます」

彼はモーリスの言葉をまったく真に受けず、カヌレを一口齧る。

（……へぇ。確かに、味は良いな）

外側はカリカリと香ばしく、中はもっちりと柔らかい食感をしている。ラム酒の風味が利いていて、大人好みの味だ。

思った以上に美味しいカヌレを、二口で食べきる。

その時、ユージーンの身体に異変が起こった。

（……っ。なんだ、これ……）

焼き菓子を飲み込んだお腹が妙にぽかぽかと温かいと思ったら、これまで彼に付《つ》き纏《まと》っていた慢性的な倦怠感《けんたい》や肩こり、眼精疲労《がんせい》による目の奥の痛みがはっきりとわかるほど和らいだのだ。

「アッシュフィールド卿《きょう》、このお菓子には薬草でも練り込まれているのですか？」

「まさか！　先ほど言いましたでしょう？　うちの娘のお菓子は特別な、食べると心身共に元気になれる、魔法のお菓子なのです」

（魔法のお菓子って、本当に本物の魔法だったのか！）

聞けば、モーリスの長女であるシャーロットはたった一つだけ、『食べると疲れが癒え、元気になる魔法』を自分が作ったお菓子にかけられるらしい。

「シャーロットの母方の曾祖母が魔女でしてね。ささやかながら、その力を引き継いだというわけです」

（なるほど。シャーロット嬢の魔法のお菓子が、税務部の連中が繁忙期にも関わらず元気でいられた秘訣だったんだな）

何せ、小さな焼き菓子をたった一つ食べただけでも実感できるほどの効果だ。

「本当に、自慢の娘ですよ」

モーリスはにこにこ顔で、自分の娘がいかに優しいか、そして可愛らしいかを熱弁する。

よっぽど娘が愛おしくてならないらしい。モーリスの自慢話にふむふむと相槌《あいづち》を打ちながら、ユージーンは思案する。

（この魔法のお菓子があれば、仕事の効率を上げられるのではないか）

「税務部でも娘のお菓子は大人気でして。いつも取り合いになるのですよ」

「…………」

（どうすれば、このお菓子を手に入れられる。今回のように、一時のおすそ分け程度ではだめだ。足りない。恒常的に入手する手段は……）

「中には、娘と結婚したいと言い出す者までいまして。いやあ、断るのが大変ですよ」

（……結婚……？）

そうだ。シャーロットは今十八歳だという。まさに結婚適齢期だ。遠からず、どこかの家に嫁ぐことになるのだろう。

（もしシャーロット嬢の結婚相手が、他の男に妻の手作りのお菓子を食べさせたくないと思ったら……）

実の親兄弟であるモーリス達ならともかく、なんの縁もゆかりもない自分は、シャーロットのお菓子を食べられなくなるのではないか。

（それは困る！）

「アッシュフィールド卿！」

「ふえあっ⁉　ど、どうしましたかな？」

急に大声を出すなんて。もしかして、私の娘自慢が鬱陶《うっとう》しかったのですかな？　よく息子にも叱《しか》られるのですよ、と狼狽《うろた》えるモーリスに、ユージーンは真剣な表情で問うた。

「シャーロット嬢には、もう決まったお相手がいるのですか？」

「えっ？　い、いいえ。そろそろ見つけねばと思ってはいるのですが、どうも、本人にその気がないようで。私としましても、娘はもう少し手元に置いておきたいと……」

故に、部下達からの申し出も妻や娘に内緒で断っているらしい。

「それはよかった。では、私が名乗りを上げてもよろしいでしょうか？」

「……んんっ？　そ、それは……何に、ですかな？」

「もちろん、シャーロット嬢の結婚相手に、です」

ユージーンが真顔で答えると、モーリスは一瞬呆《ほう》けたような表情をしたあと、「いやいやいや！」と高速で首を横に振った。

「う、うちはしがない子爵家ですぞ？　そちらとは家格が釣り合いません！」

「家同士の釣り合いなど、私も両親も気にしません。むしろ、これまでまったく結婚する気配のなかった息子がようやく相手を決めたかと、大喜びするでしょうね」

「し、しかし、レンフィールド補佐官ほどの方なら、他にいくらでもお相手が……」

「いいえ。私が結婚したいと思ったのは、シャーロット嬢が初めてです」

ユージーンは一歩も引く気はなかった。先ほどモーリスは、「娘と結婚したいと言い出す者までいて、断るのが大変だ」と言っていた。もたもたしていたら他の男にとられてしまうかもしれないという焦りが、彼から普段の冷静さを奪っていたのだ。

（彼女と結婚すれば、魔法のお菓子がいつでも食べられる！）

「私には、どうしてもシャーロット嬢が必要なんです！」

（彼女の作るお菓子さえあれば、慢性的な倦怠感や肩こり、目の痛みから解放される！これまで以上に仕事に打ち込める！）

「え、ええ……」

ユージーンの気迫に押されたモーリスは、結局断りきれず、「わ、わかりました。ただし、最終的にあなたの求婚を受け入れるか否《いな》かは、娘のシャーロットに判断させてやってください」と言い、二人が顔を合わせる機会を設けると約束した。

アルメリア王国では、政略結婚の場合でも面会の機会を設け、お互いの意思や相性を鑑《かんが》みてから縁談を進めるのが習いとなっている。そのため、ユージーンも否やはなかった。

「ありがとうございます、アッシュフィールド卿」

ユージーンは、困難な案件を片付けた時のような清々《すがすが》しい笑みを浮かべ、モーリスに礼を言った。

そして、こうしてはいられない。さっそく実家にも報告して求婚の手はずを整えねばと、疲れた様子のモーリスを置いて、意気揚々《ようよう》と中庭を去った。

魔法のお菓子のおかげで、いつになく身体が軽い。

（シャーロット嬢……）

あの美味しいカヌレを作った令嬢は、どんな女性だろう。

（アッシュベリー卿の言う通り、きっと心の優しい人に違いない）

親の贔屓目《ひいきめ》ももちろんあるだろうが、不思議に、ユージーンにはそんな確信があった。

それは、あのカヌレに込められていた彼女の温かな気持ちを、感じ取っていたからなのかもしれない。

◇◇◇

その日、モーリスはやけにしょんぼりと元気のない様子で帰宅した。

彼の妻や娘達は体調でも崩したのか、魔法のお菓子を食べたはずなのにこの憔悴《しょうすい》ぶりはよほどの病かと心配したが、本人は暗い顔で「なんでもない」と言う。

同じ職場に勤めるセシルによると、昼休憩から戻ってきた時にはすでにこんな調子だったのだそうだ。何かあったのかと聞いても、「いや、その……」と言《い》い淀《よど》むばかりで、一向に答えないとか。

そのモーリスがようやく、意を決したように口を開いたのは、家族全員揃った夕食の席でのことだった。

「実は今日、ユージーン・レンフィールド殿からシャーロットに求婚したいと言われたんだ」

「えっ？」

思いもよらぬ言葉に、シャーロットは青い瞳をぱちくりと瞬いた。

（求婚……？　私に……？）

「はあ⁉　ユージーン・レンフィールドって、あの仕事にしか興味がないと有名な、『仕事中毒のユージーン』だろう⁉　なんでそんな男がうちの可愛い妹に！」

セシルは声を荒らげ、断固反対だと主張する。

だがその向かいに座る母オリヴィアは、「でも、ユージーン・レンフィールドさまって、侯爵家のご嫡男でしょう？」と目を輝かせた。

「いいお話じゃない。よかったわね、シャーロット」

仕事中毒だろうがなんだろうが、相手の身分を考えれば願ってもない良縁。これを逃す手はないと、その瞳が語っている。

「私も知ってる！　ユージーンさまは『氷雪の貴公子さま』って呼ばれているのよね。とても見目麗しい殿方なんですって。そんな方に見初《みそ》められるなんて、お姉さますごいわ！」

ジェシカはまだデビューもしていないのに、シャーロットよりも社交界の事情に詳しい。そのジェシカによると、ユージーンは多くの令嬢方が結婚相手に狙っている、超有望株なのだとか。

「そ、そんなすごい方が、どうして私なんかに……」

「それは……」

おずおずと語り出したモーリス曰《いわ》く、彼は今日の昼休みに偶然ユージーンと鉢合わせ、食事もとらず疲れた様子の若者を見るに見かねて、シャーロットの魔法のお菓子を食べさせたのだという。

するとユージーンは魔法のお菓子にいたく興味を持った様子で、その作り手であるシャーロットと結婚したいと、急に言い出したらしい。

「なんだそれ！　どう考えても魔法のお菓子目当ての求婚じゃないか！　シャーロットのお菓子があれば、今よりもっと仕事できるとでも考えたんだろう。あの仕事中毒め！」

そんな理由で結婚するなんて馬鹿げていると、セシルは憤《いきどお》る。彼も父と同じく、可愛い妹達はそうそう嫁に出したくない、出すとしても最上の相手をと考えていたので、明らかにお菓子目当てで求婚してきたユージーンが許せないのだ。

「断ってください、父上」

「う、うん……。でもね、もうレンフィールド侯爵家から申し出がきちゃったから……。

さすが、優秀な宰相補佐官。手回しがいいよね」

夕刻、自分の手元に宰相の署名入りの書状が届いて本当にびっくりした……と、モーリスは憔悴した様子で語る。

格上の高位貴族からの正式な申し入れだ。少なくとも、ユージーンとシャーロットを会わせず断るわけにはいかない。

「た、ただね、実際に会ってみて、シャーロットがどうしても嫌なら断ってもいいんだよ。ユージーン殿にも、そう言質《げんち》はいただいているから」

「お父さま……」

「あら、断るのはもったいないわ」

「そうよ！『氷雪の貴公子さま』が私のお義兄《にい》さまになってくださるなんて、素敵だわ！　お友達に自慢しなくちゃ」

「…………」

今回の縁談に反対な様子の父、兄と、大賛成の母と妹。どちらの言い分もわからないではないが、当のシャーロットは未だに困惑していた。こんなにも突然、自分に結婚の話が舞い込んでくるなど、考えもしなかったのだ。

（でも……）

兄は、魔法のお菓子目当ての求婚など馬鹿げていると言う。

けれどシャーロットは、実際に結婚するかどうかはさておき、それほどまでに自分のお菓子を気に入ってくれたのだとしたら嬉しいと、密《ひそ》かな喜びを感じていた。

（ユージーン・レンフィールドさま……。いったい、どんな方なのかしら……）


かくして、求婚の申し出があってから三日後。アッシュベリー子爵邸にユージーンが訪ねてきた。

仕立ての良いダークカラーのフロック・コートを纏う彼の姿は話に聞いていた以上に見目麗しく、シャーロットは驚きを隠せなかった。こざっぱりとした白いシャツに白いベストがまた、ユージーンの清冽《せいれつ》な雰囲気によく合っている。

「はじめまして、シャーロット嬢」

「は、はじめまして、ユージーンさま。ようこそおいでくださいました」

両親が対面の場に選んだ温室で、二人は初めて言葉を交わした。

「これを、君に」

ユージーンが言葉少なに差し出してきたのは、偶然にも今日シャーロットが着ているドレスと同じ淡いピンク色の可愛らしいバラの花束と、王都で人気の菓子店で買い求めたというクッキーの包みだった。

「女性への手土産に何を選んでいいかわからず、同僚に聞いたところ、花束と菓子を勧められた。好みに合えばいいのだが……」

「まあ……」

「だが、お菓子作りが趣味だという君に、他の人間が作った菓子を贈るなど、失礼だったろうか。気に障ったなら、すまない」

同僚に勧められるまま購入したあとで、その可能性に気づいたらしい。

もしこの場に兄のセシルがいたら、きっと「何を選んでいいかわからず他人に聞いたとか、わざわざ口にしなくてもいいのに」「気に障るかもしれないと思ったなら渡すな」などと、悪態を吐《っ》いていただろう。

けれどシャーロットは、ユージーンの少しばかり不器用な正直さを好ましく感じた。

それに、彼がシャーロットを喜ばせようと思って、手土産を持ってきてくれたことは間違いない。

「ありがとうございます、ユージーンさま。普段は自分の作ったものばかり食べていますから、こうして他の方のお菓子をいただけるのは嬉しいです。作るのも、食べるのも大好きなので。それからこの花束も、とっても可愛らしくて素敵です」

シャーロットが礼を言うと、ユージーンは「なら、よかった」と頷いた。

いただいた花束とお菓子はいったん使用人に預け、シャーロット、ユージーン、モーリス、オリヴィアの四人は揃ってテーブルにつく。
　卓上にはすでに、紅茶と茶菓子の用意が整っていた。

　しかしユージーンはそれらを楽しむことなく、勧められるまま一口だけ紅茶を飲んだあと、早々に用件を切り出した。

「アッシュベリー卿、お嬢さんとの結婚をお許しいただけますか？」

「っ、ぐっ」

　あまりにも唐突な物言いに、モーリスは危うく口に含んでいた紅茶を噴き出すところだった。こういう時は普通、当たり障りない会話をした上でようやく本題に入るものではないだろうか。

「あらあら、ユージーンさまはせっかちでいらっしゃるのね」

　ゴホゴホと咽《む》せる夫に代わって、オリヴィアがにっこりと娘の求婚者に笑いかける。

「ところで、そちらのご両親は本当にこの縁談に賛成していらっしゃるのかしら？」

「ええ、ご心配には及びません。両親共に大喜びで、近くお二人とシャーロット嬢を我が家の正餐会《せいさん》に招きたいと言っておりました」

「まあ！」

　数ある社交の催しの中でも特別な位置付けの正餐会、それも名門侯爵家の正餐の席に招かれるなど、とても栄誉なことだ。

「父はアッシュベリー卿やご子息のことを高く評価しています。その娘御、妹御ならさぞ素晴らしい女性だろうと」

「な、なんと……。宰相閣下が私達父子をそんな風に……！」

「ええ。それに母も『可愛い娘ができて嬉しい』と言っていました。どうも、何かのパーティーでシャーロット嬢を見かけたことがあるようで」

（え……？）

どうやらレンフィールド侯爵夫人は、社交が苦手なシャーロットが渋々参加した数少ないパーティーのどこかで、彼女のことを気に留めていたらしい。

「母は昔から、可愛いものに目がないのです」

（か、かわっ……）

暗に「あなたは可愛い」と言われたシャーロットは、かああっと頬を赤らめ、俯《うつむ》く。

「まあまあ、ふふっ。安心いたしました。結婚後、シャーロットが肩身の狭い思いをするのではないかと、案じておりましたの」

娘の反応を微笑ましく見ながら、オリヴィアは言った。

「お話の通りなら、未来のお義母上《ははうえ》にも可愛がっていただけそうですわね」

「ええ。間違いありません」

「それは頼もしいこと」

ほほほほほと、上機嫌に笑うオリヴィア。この場はすっかり彼女が取り仕切っていた。

「ユージーンさま。私も夫も、今回の縁談には賛成ですのよ」

「い、いや、私は……」

モーリスは、自分は違うと言いかけたが、妻ににっこりと微笑まれ、「ね？　そうよね？　旦那さま？」と言われ、「……う、うむ」と頷いた。

（お父さま……）

「ただ、何分急なお申し出でしょう？　シャーロットは戸惑っておりますし、私共も娘に無理強いはしたくありませんの」

だからね、と、オリヴィアは言葉を続ける。

「あとは本人同士で話してみたらいいと思うの」

「「えっ」」

驚きの声を上げたのは、モーリスとシャーロットだ。

ユージーンはというと、感情の読めない顔で「わかりました」と頷いている。

「ふふっ。くれぐれもよろしくお願いしますわね、ユージーンさま」

「オ、オリヴィア。私はまだ、二人きりにするのは早いと……」

「あら、そんなことありませんわ。さ、参りますわよ」

オリヴィアは渋るモーリスの腕を引いて立ち上がると、本当に温室から出て行ってしまった。

（お、お母さま……）

このような経緯で、シャーロットは彼と二人きりにされたのである。

そして彼女はなんとも気まずい時間を過ごし、ろくにお互いを知ることなく突然目の前に跪かれ、「結婚してほしい」と乞われ、答えに窮していた。

「………」

父は、嫌なら断ってもいいと言う。

母も、この縁談に乗り気ではあったものの、無理強いさせるつもりはないと話していた。

けれど、嫌なのかと問われたら、すぐに「ええ、嫌です」と答えられない自分がいる。

ユージーンや、彼との結婚を厭《いと》わしく思っているわけではないのだ。

ただ、本当に自分なんかが相手でいいのかと、自信がないだけで……

「あの、ユージーンさま……？　私は本当に、お菓子作りしか取柄のない女です。そんな私を妻にして、のちのち後悔なさるのではないかしら……？」

「そのお菓子作りの腕が、俺には必要なんだ」

彼は馬鹿正直に、魔法のお菓子目当ての求婚であるとはっきり告げた。

「君のお菓子を初めて食べた時、衝撃を受けた。美味しいだけでなく、身体の芯から力が湧いてきて。これがあるなら、この先いくらでも頑張《がんば》れると思った」

「……………」

「俺こそ、『仕事中毒』と揶揄《やゆ》されるような仕事馬鹿で、君には相応しくない男かもしれない。それでも……」

自分にはシャーロットのお菓子が、シャーロットが必要なのだと、ユージーンは言う。

「ユージーンさま……」

本当に、なんて正直な方だろう。

うそでも、シャーロットの容姿や人柄に惹《ひ》かれたとか、適当な美辞麗句を並べて気を引くこともできただろうに。

あるいは自分の身分や地位を笠《かさ》に着て、無理やり結婚を迫ることも。

けれどユージーンは遙《はる》かに格下の子爵家相手にも礼を尽くし、膝《ひざ》をつくことも厭わず、真摯《しんし》に自分を求めてくれた。

自分の唯一の取柄であるお菓子作りの腕を認め、必要としてくれた。

なら……

「……わかりました。ユージーンさま」

シャーロットは、心を決めた。

迷いや不安はあったものの、誠実な彼となら夫婦としてやっていけるのではないかと思えたのだ。

それに魔法のお菓子を目当てに求婚したユージーンであれば、結婚後も、今と変わらずお菓子作りに没頭することを許してくれるだろう。

「あなたの求婚を、お受けします」

「シャーロット嬢……」

ユージーンの紫の瞳が、驚きに見開かれる。

そしてその表情は、先ほどマカロンを口にした時に見せてくれたのと同じ、花が綻ぶような麗しい笑みに彩られた。

「ありがとう」

「……っ」

(だ、だめだわ。やっぱり、ユージーンさまの笑顔は心臓に悪い)

あまりにも綺麗《きれい》で、胸がドキドキと高鳴り、苦しくなってしまうのだ。

こんな調子で、彼と結婚できるのか。求婚に頷いたのは早計だったかもしれないと、シャーロットは心配になる。

しかしそんな彼女の胸中を知らず、ユージーンは生真面目な口調で言った。

「必ず、君を不幸にはしないと約束する」

(まあ……)

そこは普通、「幸せにする」と言うところなのではないだろうか。

けれど、そんな物言いも彼らしいといえばらしいのかもしれない。

言葉を交わした時間は短いが、ユージーンの人となりが少しだけわかってきた気がすると、シャーロットは思った。

そして、自分は彼の少しばかり不器用なひたむきさを好ましく感じている……とも。

それはまだ、恋とか、愛と呼べるほど強い感情ではなかったけれど、シャーロットの背中を押すのには十分だった。

「はい、ユージーンさま」

自分を不幸にはしないと誓った彼に、シャーロットは頷きを返す。

「私も、ユージーンさまを不幸にしないよう、努力いたしますね」

そうしてシャーロットは、魔法のお菓子をきっかけに思いがけず舞い込んできたこの縁談を、確かに自分の意思で受け入れたのだった。

第二章

他ならぬ当人同士が納得しているのだからと、父や兄の反対は母に笑顔で黙殺され、シャーロットはユージーンと婚約することになった。

両親は賛成している、大喜びしているという彼の言葉に偽りはなく、レンフィールド侯爵夫妻も諸手《もろて》を挙げてこの縁談を歓迎した。

その後両家の間で話し合いがもたれ、約半年の婚約期間を置き、翌年の三月に結婚式を執り行うと決まる。

ユージーンとしてはもっと早く結婚したかったようだが、娘のために十分な支度をしてやりたいというアッシュベリー子爵家側の希望が通り、半年待つことになった。

できる準備は前々から進めていたとはいえ、名門侯爵家への嫁入りに相応しい支度を、たった半年で済ませなければならないのだ。

また、結婚式で着るウエディングドレスの用意に諸々《もろもろ》の準備、招待客リストの作成、招待状の製作・発送など、やらなければならないことはたくさんあった。

そういった嫁入り支度に追われながらも、シャーロットは毎日たくさんのお菓子を作っては父や兄に託し、婚約者であるユージーンに贈った。それが彼の希望であったし、シャーロットとしても、仕事と結婚準備に追われ疲れているだろうユージーンに、自分のお菓子を食べてもらいたかった。

実際、ユージーンは魔法のお菓子のおかげで繁忙期を乗り切れたようだ。お菓子を片手に、活《い》き活《い》きとした様子で大量の書類を処理している姿が何人にも目撃されていると、同じ王宮で働く父や兄がシャーロットに教えてくれた。

多忙なユージーンから手紙が送られてくることは滅多《めった》になく、一緒にどこかへ出かけて親交を深めるどころか、直接顔を合わせることさえ数えるほどだったけれど、代わりに彼は毎日、お菓子のお礼として花と市販のお菓子を贈ってくれた。

プレゼントが花とお菓子ばかりなのは、きっと、初めて会った時にシャーロットが喜んでいたからだろう。

次はどんな花やお菓子が届くのだろうと、シャーロットは毎日楽しみにして、婚約者からの贈り物が届くのを心待ちにしていた。

それに、プレゼントには時折カードが添えられていて、几帳面《きちょうめん》に整った文字で『魔法のお菓子のおかげで仕事がはかどっている。ありがとう』とか、『この間のクッキーが美味しかった。また食べたい』など、ユージーンからのメッセージが記されていた。

妹のジェシカは、「さすがにちょっとそっけなさすぎるんじゃないかしら?」と呆《あき》れていたし、兄のセシルは「婚約者になったからには、もっと頻繁《ひんぱん》に会いに来るべきだろう!」と憤っていたが、シャーロットは忙しい彼が時折自分を気にかけてくれるだけで十分だと、贈られたカードを見ては嬉しそうに微笑んでいた。

そして季節は秋を過ぎ、冬を越え、穏やかな風吹く春を迎えた。

幸いにして好天に恵まれた三月中旬の今日、いよいよ二人の結婚式が執り行われる。

挙式の場に選ばれたのは、王都サントリアナでも有数の規模を誇る聖ジュリアン大聖堂だ。レンフィールド侯爵家の人間は、代々この大聖堂で式を挙げているらしい。しかも過去には王族の挙式にも使われたという、格式高い場所だ。

シャーロットはこの日のために用意した純白のウエディングドレスを身に纏い、すでに涙ぐんでいる父の腕にエスコートされ、多くの列席者達が見守る中、バージンロードを歩いた。彼女の後ろには妹のジェシカとシャーロットの友人達、親戚の少女達が揃いのドレスを着て二列に並び、ブライズメイドとして花を添えている。

かつて花嫁衣装といえばカラードレスが主流だったが、百年ほど前に隣国から嫁いだ王女が白いウエディングドレスを着たことをきっかけにそれを真似《まね》する女性が増え、今ではすっかり白が定番の色となっている。

シャーロットの花嫁衣装はレースをふんだんに使用したプリンセスラインのドレスで、ふんわり広がるスカートのシルエットが、初々しい新婦の愛らしさを引き立てていた。

デコルテや手首まで覆う袖《そで》は、細かな刺繍《ししゅう》の施《ほどこ》されたオーガーンジー。とても薄い生地なので、シャーロットの瑞々《みずみず》しい肌がうっすら透けて見える。

結い上げた髪には国花である白のアルメリアを用いた伝統的な花冠とレースのベールをつけ、しずしずと赤い絨毯《じゅうたん》の上を歩く彼女は、花の妖精のように美しく可憐《かれん》だった。

「まあ、なんて綺麗な花嫁さんかしら……」

「本当に、素敵ねぇ」

列席した人々は感嘆のため息を吐き、花嫁の美しさを口々に褒めそやす。

しかしシャーロットは、そういった声に耳を傾ける余裕などなかった。

ドレスの長い裾《すそ》に足をとられ転んでしまわないよう必死だったし、王都でも一、二を争う大聖堂の荘厳さと、招待客達の豪華すぎる顔ぶれに気圧《けお》され、とても緊張していたのだ。

今日この場には、宰相の嫡男であるユージーンの結婚を祝うため、恐れ多くも国王陛下並びに王妃殿下、そして王太子夫妻がご臨席くださっている。他にも、出席者リストにはこの国の重鎮達がずらりと名を連ねていた。

名門侯爵家に嫁ぐということの重さを、シャーロットは改めてひしひしと実感する。

未来の侯爵夫人という立場、それに伴う責任と義務が、彼女の細い両肩に嫌というほどのしかかっていた。

「……っ」

あまりのプレッシャーに倒れそうだったが、夫となるユージーンに恥をかかせたくはないと、震えそうになる自分を叱咤《しった》し、精いっぱい気を張って、彼のもとへ一歩、また一歩と進んでいく。

長く、非常に長く感じられたバージンロードを歩き終え、シャーロットはようやく新郎の隣に並び立った。

ずっと俯きがちだったシャーロットは、ようやく顔を上げ、薄いベール越しにユージーンを見る。

（あ……）

久しぶりに会う彼は、相変わらずため息が出るほど格好良かった。アルメリア王国伝統の花婿衣装――軍服を模した正装がまた凜々しくて、よく似合っている。

ただ、最後に会った時よりも少しばかり痩《や》せて見えるのが気にかかった。隣に立つ、ベストマンと呼ばれる付添人の男性が体格の良い偉丈夫《いじょうぶ》だから、余計にそう感じるのかもしれないが。

この男性はユージーンの同い年の従兄《いとこ》で、仲の良い友人でもあるサミュエル・ヘイズ。

へイズ伯爵家の次男で、王国騎士団に所属している騎士だ。

（ここ数日は厨房に立つ余裕がなくて、お菓子を差し入れできなかったから……）

ユージーンは魔法のお菓子もなしに無茶《むちゃ》な仕事の詰め方をして、やつれてしまったのかもしれない。さっそく明日にでも元気の出るお菓子を作ってさしあげなくてはと、シャーロットは思った。

祭壇の前に主役である新郎新婦が揃い、付添人達、そして多くの列席者が見守る中、シャーロットとユージーンの結婚式が執り行われる。

まずはこの場に集まった全員が起立し、賛美歌を歌った。

続いて神父が愛の教えを説き、神に祈りを捧《ささ》げる。

その後、神父の問いかけに答える形で、新郎新婦が永遠の愛と貞操を守ることを誓約する。

次に行うのは指輪の交換で、ユージーンからシャーロットに、シャーロットからユージーンにという順番で、揃いのマリッジリングを互いの左手薬指に嵌《は》めた。

シャーロットは緊張のあまり指先が震えてしまい、危うく大事な指輪を落としかけたが、なんとか無事ユージーンの指にマリッジリングをつけることができた。

ホッと胸を撫《な》で下《お》ろす彼女のベールに、ユージーンが手をかける。

（あっ……）

そうだった。これから自分達は、神の御前で誓いのキスをしなければならないのだ。

「………」

夫になる人と、初めてキスを交わす。

それも、たくさんの人々に見られながら……

「……ぁ……っ」

今まで感じていたのとはまた別の緊張で、シャーロットの鼓動が早鐘を打ち始める。

心なしか、頬も熱くなっている気がした。

そんな彼女を見つめ、ユージーンがぽつりと呟く。

「こんなに………のか……」

「えっ？」

彼は今、なんと言ったのだろう。

よく聞き取れなかったシャーロットは、小声で「どうなさいました？」とユージーンに問いかける。

すると彼は、シャーロットがこれまで目にしたことのない表情――なんとも面映《おもは》ゆそうな、照れくさそうな顔で、こう言った。

「……いや。君があまりに可愛いので、驚いてしまって……」

（なっ……）

つまりユージーンは、これまでベールに隠されていたシャーロットの顔を間近に見て、思わず「こんなに可愛かったのか」と口に出してしまうほど、びっくりしたらしい。

けれど、そんなことを馬鹿正直に言われては、シャーロットだって驚く。

「……っ」

彼女の頬は見る間に紅潮し、よく熟れた林檎《りんご》みたいになった。

それが余計に恥ずかしくて、ユージーンの視線から逃れるように俯くシャーロットを、しかし彼はまじまじと見つめてくる。

（や、やだ、もう……っ）

シャーロットは恥ずかしいやら何やらで、頭がくらくらした。

それほどに、ユージーンの言動が衝撃的だったのである。

式の最中でなければ、今すぐ逃げ出していたかもしれない。

「……おい、ユージーン」

なかなか誓いのキスをしない新郎に業を煮やしたサミュエルが、ゴホンと咳払《せきばら》いをして先を促《うなが》す。ついでシャーロットに向けられた彼の眼差しには、気の毒がるような同情の色が、確かに滲《にじ》んでいた。

（恥ずかしい……）

「ああ」

一方、ユージーンは慌てるでもなく元の冷静な顔に戻って頷きを返すと、未だ動揺しているシャーロットの顎《あご》をくいと上向かせ、顔を近づける。

あっ……と思った瞬間、シャーロットの唇に彼の唇が重なった。

ただ触れるだけの、ほんの刹那《せつな》の口付け。

「〜っ……！」

しかしそれは、ただでさえ緊張と衝撃に揺れていた彼女の心を、さらに掻《か》き乱《みだ》すのに十分すぎるほどの威力を持っていた。


その後、式は予定通り進行し、会場をレンフィールド侯爵家の屋敷に移して披露宴も行われたのだが、シャーロットは緊張と動揺のあまり記憶が途切れ途切れで、気づけば新居の寝室にいた……という有様だった。

新婚夫婦の新居となるのは、侯爵邸とは別のこぢんまりとした屋敷である。

ここは元々ユージーンが一人で暮らしていた邸宅で、こちらの方が王城に近く通勤に便利だからと、結婚後も使われることになったのだ。

その屋敷の、夫婦の寝室として改めて整えられた部屋の、天蓋《てんがい》付きの大きなベッドの上で、シャーロットはハッと我に返る。

彼女はすでに湯浴《ゆあ》みを終え、新品のナイトドレスに身を包み、夫の訪れを待っているところだった。

（わ、私ったら……）

大事な結婚式の日だというのに、今の今までぼうっとしていただなんて、不甲斐《ふがい》ない。こんな調子で、招待客に何か失礼な真似をしなかったか。もししていたらどうしよう。

（ああ……）

シャーロットが一人思い悩んでいると、寝室の扉がコンコンとノックされた。

「は、はい」

「入ってもいいだろうか」

扉越しに響いた声は、ユージーンのものだ。

シャーロットが「ど、どうぞ」と応えを返すと、ガチャリと音を立てて扉が開き、薄いブルーの寝間着の上に紺色のガウンを羽織ったユージーンが姿を見せる。

彼は二人分のカップとビスケットを載せたトレイを持っていて、シャーロットの傍に歩み寄り、「これくらいしかなかったが、よかったら」と彼女に勧めた。

「披露宴で、ろくに食べていなかったろう?」

（まあ……）

どうやらユージーンは、豪華な料理もお酒もほとんど口にしなかったシャーロットを気遣い、温めたミルクとビスケットを持ってきてくれたらしい。

言われてみれば確かに、お腹が空いている気がする。

「ありがとうございます、ユージーンさま」

シャーロットは彼の心配りをありがたく思い、差し出されたカップとお皿を手にとった。

ホットミルクの湯気からは、微《かす》かに蜂蜜の甘い匂いがする。丸い形にこんがり焼かれたビスケットも、とても美味しそうだ。

しかしシャーロットは、それらを口にする前に、どうしても確認しておかねばと、意を決してユージーンに話しかけた。

「あ、あの……」

「ん？」

「私、結婚式や披露宴の席で、何か粗相《そそう》をしませんでしたか？　実は緊張のあまり、記憶が飛び飛びで……」

「そうだったのか？」

彼は「全然気づかなかった」と驚いて、シャーロットの隣に座る。

「そんな素振りは微塵《みじん》も感じなかったし、なんの問題もなかった。それくらい、君はしっかりと振舞っていた」

「ほ、本当ですか？」

「ああ。招待客達からも、『初々しくて美しい花嫁だ』『お前は果報者だな』と褒められるばかりで、文句を言う声は一つもなかった」

「よ、よかったぁ……」

招待客の言う『初々しくて美しい』云々《うんぬん》にはおそらくお世辞も多分に含まれているのだろうが、何はともあれ自分がおかしな真似をしていなかったことに、シャーロットは深く安堵《あんど》する。

「ユージーンさまに恥をかかせてしまっていたらどうしようと、心配で心配で……」

だが、それは杞憂《きゆう》に過ぎなかったようだ。

シャーロットはホッと胸を撫《な》で下ろし、ようやくビスケットを口にした。

サクッと軽い食感と共に、ほんのり塩味の効いた甘さが舌を喜ばせてくれる。

ついで、ホットミルクを一口。蜂蜜たっぷりのミルクは甘くて、温かくて、心と身体にじんわり染み入るような美味しさだった。

「美味しい……」

憂《うれ》いが晴れ、にこにこと微笑みながらホットミルクを口にするシャーロットを見ていたユージーンが、ぽつりと呟く。

「……可愛い……」

「え……っ？」

「いや、なんでもない。よかったら、俺の分も食べるといい」

そう言って、彼は自分のビスケットもシャーロットに譲ってくれた。

「よろしいのですか？」

「ああ。もっと食べるところが見た……じゃなくて、君はもっと食べた方がいい。その……少し、痩せたのではないか？」

ユージーンはシャーロットの華奢《きゃしゃ》な首筋や細くくびれた腰を見て、心配げに言う。

「そう、でしょうか……？　ドレスのサイズは変わっていないので、大丈夫だと思うのですけれど。それに、痩せたというならユージーンさまの方が……」

シャーロットも、彼のほっそりとした体軀《たいく》を見て言う。

「少し、お痩せになられましたわ」

「そうか？　自分では気づかなかったが……。まあでも、明日からはまた、君の作ったお菓子が食べられるんだろう？　すぐに健康になるさ」

「ええ、もちろん作らせていただきます。でも、あまり過信して、魔法のお菓子ばかりに頼るのはいけませんわ。他のお食事もちゃんと召し上がって、お休みもしっかりとってくださいませ」

そうお約束してくださらないと、魔法のお菓子を作りませんよ？　と脅《おど》し交じりに言えば、ユージーンは苦笑して、「それは困る。善処しよう」と頷いた。

（本当かしら？　なんだか心配だわ……）

彼の妻となったからには、自分が夫の健康をしっかり守らなくては。

そう、心密かに決意するシャーロットであった。

それからシャーロットは、ホットミルクをお供にビスケットを食べきった。

「はあ……」

お腹が甘くて温かいもので満たされ、心地良い。このまま眠りについたらさぞいい夢が見られるだろう。

だが、今宵《こよい》は新婚初夜。特別な夜である。

これから自分達は、本当の意味で夫婦となるための『儀式』をしなければならないのだ。

（ええと、確か、一緒にベッドに入って……。あとはただ、ユージーンさまに身を任せればいい……のよね？）

当世、貴族の令嬢達は性的な情報から遠ざけられて育つ。故にシャーロットも、夫婦が同じベッドで休めば子どもを授かるとは聞いていても、そこで具体的に何が行われるのかは知らなかった。

これから自分達は、どんな『儀式』をするのだろう？

シャーロットが微かな不安を胸に思案していると、ユージーンが彼女の手から空いたカップと皿を取り上げ、トレイごとサイドテーブルに置いた。

「あっ、ごめんなさい、ユージーンさま」

謝るシャーロットに、彼は「これくらい、気にしなくていい」と言う。

そして、先ほどまでもぐもぐと動いていた彼女の柔らかな頬を撫で、微笑を浮かべた。

「時間は有限だ。そろそろ夫婦の務めを果たそうと思うが、いいだろうか」

「は、はい……」

シャーロットはドキドキしながら、従順に頷く。

触れられた頬から彼の熱が伝わってきて、胸がざわざわと騒ぎ、妙に落ち着かない気分だった。

「君は、夫婦が閨《ねや》で何をするのか、知っている？」

問われ、シャーロットはふるふると首を横に振る。

ついで、自分が聞いている限りのことをユージーンに伝えた。

「……なるほど。ほとんど何も知らないんだな」

「あ、でも……」

シャーロットは先日、既婚者の友人達とお茶会をした際に、新婚初夜について少しだけ話を聞いたことを思い出した。

ただ、そこでもやはり具体的なことは誰も教えてくれず、意味深長に微笑んだ友人達は、それぞれの初夜をこう語ったのだ。

『とっても素敵で、私は一晩中夢心地だったわ』

『本当に最低よ。拷問を受け続けた気分だったわ』

まるっきり正反対の感想に、シャーロットはいよいよ『夫婦の営み』と呼ばれる行為がわからなくなった。どういうことかと問い詰めても、友人達はくすくす笑うばかりで、教えてくれなかったのだ。

そう話すと、ユージーンは苦笑して、「後者にならないよう、努める」と言う。

そして、「君も最低限知っておいた方がいいだろう」と、シャーロットに『夫婦の営み』で男女が何を行うのかを耳打ちした。

（……え……っ？　ええっ……、うそ……っ、と、殿方の証を、そんな、女性の……に……？　ええええええっ……！）

初めて性行為の具体的な内容を知ったシャーロットは、驚きに目を白黒させる。

（そ、そんなこと、本当にできるの……？　それを、私もするの？　今から？　ユージーンさまと……？）

シャーロットは、信じられない気持ちでいっぱいだった。

結婚式と披露宴を無事にやりきったと聞き、安堵していたというのに。まさか最後の最後でこのような試練が待っていたとは。

「君が心底嫌だというなら、無理強いはしない。寝室も別に用意しよう」

蒼褪《あおざ》めるシャーロットに、ユージーンが穏やかな声音で語りかける。

「だが、できれば受け入れてもらいたい。俺にも侯爵家にも跡継ぎが必要だし、その母となる人は君以外考えたくない。何より……」

ユージーンはもう一度、シャーロットの頰に触れた。

「俺は、君がいい。シャーロットに……その、もっと……触れたい。君を抱きたい……と、思っている」

「ユージーンさま……」

たどたどしくも自分を求めてくれている彼の言葉が、シャーロットの胸に響く。

（私……、私は……）

心の底から嫌、というわけではないのだ。

ただ、とても恥ずかしくて、不安で、怖いだけで。

けれどもしかしたら、それは彼も同じなのかもしれない。相変わらず冷静に見えたけれど、頰に触れるユージーンの手は微かに震えていた。

自分を見つめる紫の瞳も、心なしか、不安に揺れているように見える。

（もし……）

私がここで頷いたら、ユージーンさまは喜んでくださるだろうか。

また、あの綺麗な笑顔を自分に向けてくれるだろうか。

「あ……、あの、ユージーンさま……」

シャーロットは、逃げ出しそうになる自分を叱咤し、勇気を振り絞って口を開いた。

「わ、私、とてもびっくりしてしまって。怖くて……。その、ちゃんと、できるか……わからないのですけれど……、でも……」

もしかしたら、最中に泣《な》き喚《わめ》いてしまうかもしれない。

ユージーンの期待に応えられず、がっかりさせてしまうかもしれない。

それでも……

「が、頑張ります、ので……」

恥ずかしくてたまらず、シャーロットは顔を真っ赤に染め、消え入るような声で言った。

「だ、抱いて……くださいませ」

(だって私は、ユージーンさまの妻になったのだもの)

「シャーロット……」

(あ……)

「ありがとう。できる限り優しくする」

そう言って、シャーロットの頬にちゅっと触れるだけのキスを落とした彼は、とても嬉しそうな顔で微笑《わら》っていた。

(ユージーンさま……)

キュン……と、シャーロットの胸が甘く疼《うず》く。

この感覚は何かしら……？　と考える間もなく、続けて彼女の唇に口付けが与えられた。

「ん……っ」

ふにっと、唇を合わせるだけで済むかと思ったキスは、しかしすぐ深いものへと変わる。

ユージーンの舌が無防備なシャーロットの唇を割り、啌内《こうない》に押し入ってきたのだ。

（～っ⁉）

男女の営みを知らなかった彼女は、当然、ディープキスの存在も知らない。

どうして彼の舌が自分の舌を絡め、歯列をなぞるのか。

どうしてそうされると、身体がぞくぞくっとして、力が抜けてしまうのか。

シャーロットはわけもわからず、初めての深い口付けに翻弄《ほんろう》された。

「……っ、ぁ……」

ようやく彼の顔が離れて、シャーロットは「はぁ、はぁ……っ」と苦しげに喘《あえ》ぐ。

キスの間中、無意識に息を止めてしまっていたのだ。

「こういう時は、鼻で息をするといい」

ほら、やってごらん？　とばかり、ユージーンがもう一度口付けてくる。

「んぅ……っ」

驚き、戸惑いながらも、シャーロットは言われるがまま、今度はちゃんと息をして、彼のキスを受け止めた。

「んっ……、んんっ……」

先ほどよりは呼吸が楽になったが、彼の舌に思うまま咥内を貪《むさぼ》られ、すぐに余裕なんてなくなる。

いや、きっとユージーンに触れられたその瞬間から、シャーロットに余裕なんてものはなかったのだ。

「……っ、はぁ……っ」

ようやく彼の唇が離れた時にはもうシャーロットは涙目で、顔を真っ赤にして、満足そうに微笑を浮かべているユージーンを少しばかり恨めしげに見る。

「ユー……ジーン、さま……」

「君の頬、まるで林檎のようだ。シャーロットはすぐ赤くなるんだな」

彼は小さく「本当に可愛い……」と呟いて、シャーロットの身体をそっとシーツの上に押し倒した。

「あ……っ」

戸惑う彼女の頬に、またちゅっと口付けが降ってきた。

しかもそれだけでなく、彼は林檎のようだと称したシャーロットの頬を、まるで味見でもするみたいにぺろりと舐《な》めた。

「んっ……」

「さすがに甘くはないな」

「あ、当たり前です……」

「君は砂糖菓子みたいだから、甘いかと思ったんだ」

林檎の次は、砂糖菓子。彼の目に、自分は食べ物のように見えているのか。

「君とするキスは、甘くて癖になりそうだ……」

囁《ささや》いて、ユージーンがもう一度口付けてくる。

舌を絡め合う、深くて官能的なキス。

最初ほどの驚きはないものの、やはり慣れない。

「あっ……んっ……」

ねっとりと唾液を纏った彼の舌が自分の舌を舐め、絡まり、また舐める。

そうされる度《たび》、シャーロットは身体の奥で、何かが熱く疼くのを感じた。

やがてユージーンは、口付けを続けたまま、ナイトドレス越しに彼女の身体を撫《な》で回《まわ》し始める。

彼の大きな掌《てのひら》が、シャーロットという女性の形を確かめるように、あちこちを滑っていく。

ユージーンに撫でられるのは、自分で触れるのとまったく違って、なんともくすぐったく、とてもこそばゆい。

「んぁっ、ああ……っ」

年頃の娘らしく膨らんだ胸をそっと摑《つか》まれた時、シャーロットの唇から吐息とはまた別の甘い声が零《こぼ》れ出た。それに気を良くしたのか、ユージーンがふっと笑って、双丘をやわやわと揉《も》みしだく。

「や……っ」

またぞくぞくっと背筋を駆け抜ける感覚があって、シャーロットはたまらず、拒絶の声を上げてしまった。

「すまない。こうされるのは嫌だったか？」

ぴたりと手を止め、ユージーンが問いかける。

「嫌……というか、は、恥ずかしくて……」

そう、何もかもが、初心《うぶ》なシャーロットの羞恥心《しゅうちしん》を煽《あお》ってならないのだ。

「恥ずかしい……」

「はい……。恥ずかしくてたまらなくて、胸が……その、とてもドキドキしてしまって。今にも心臓が飛び出てしまいそうなのです……」

かああっと熱くなる顔を彼の目から隠すように両手で覆い、シャーロットが呟く。

するとユージーンは、すでにだいぶ乱れていたナイトドレスの胸元をはだけさせ、ゆっくりと上下する彼女の胸の中央——心臓の位置にぴたりと掌を当てた。

（……っ！）

「ああ、本当だ」

「なっ……」

「鼓動が速くなっている」

布越しではなく直接肌に――それも胸に触られては、鼓動もいっそう速まろうというもの。

ますます頬を熱くするシャーロットにふむと頷いて、彼は言った。

「俺も同じだ」

「え……っ」

ほら、と。ユージーンは彼女の手を取って、自分の胸に触れさせる。

掌から感じる彼の鼓動は、確かにずいぶんと速く脈打っているように感じられた。

「これから君と……その、するのだと思うと、ドキドキするし、落ち着かない」

（ユージーンさまも……？）

「触れても、いいか？」

彼は不安げに問いかけてくる。

だが先ほども答えたように、シャーロットは嫌なわけではないのだ。

ただたまらなく恥ずかしく、戸惑いが拭いきれないだけで。

「……はい」

シャーロットは夫の問いかけにこくりと頷いた。

「俺に触れられるのは、気持ち悪くないか？　不快では？」

「そんなことは……っ！　あの、この先もつい、思わず『嫌』と言ってしまうかもしれません。けれど、本当に嫌なわけではないので、気にせず、つ、続けて……ください」

ああ、自分は何を言っているのだろうと居《い》た堪《たま》れなく思う。

しかしはっきり伝えておかねば、ユージーンは都《つ》度《ど》自分を気遣って、行為を中断させてしまうだろう。あるいは、もう付き合いきれないとばかり、切り上げてしまうやも。そちらの方が嫌だと、シャーロットは強く思った。

まだ怖いし、不安がないと言ったらうそになる。けれどそれ以上に、彼とちゃんと夫婦になりたいという気持ちの方が勝るのだ。

「わかった。しかし俺はその……そういう機微に疎《うと》いので、本当に耐えられないと思ったら、殴《なぐ》るなり蹴るなりして逃げてほしい」

もちろん、そうなったとしてもシャーロットを咎めたりはしないと、ユージーンは生真面目な顔で言った。

「ユージーンさま……」

「思いきりやってくれて構わないぞ」

おそらく、シャーロットの気持ちを和らげようと思ったのだろう。彼は軽口めいた口調で言い、くすりと笑う。

そんなユージーンの優しさが、シャーロットは嬉しかった。

「わ、わかりました」

シャーロットは頷きつつも、絶対に彼を殴ったり蹴ったりしないようにしよう、と心に誓う。

(大丈夫。きっと、耐えられるわ)

世の夫婦がみんな乗り越えてきた道なのだ。

(それに、この方とならなら……)

いくらでも無理強いすることができるだろうに、どこまでもシャーロットを慮《おもんぱか》り、気遣ってくれるユージーンとなら、どんな痛みにも苦しみにも耐えられるはずだ。

彼と、夫婦の営みを続けたい。その意思を表すように、シャーロットはおずおずと、自分から彼に口付けた。

「シャーロット……」

「ユージーンさま……」

名を呼び合って、今度はどちらからともなくキスをする。

それは自然と深く舌を絡め合うものとなり、二人は夢中になってお互いの唇を貪った。

そうしながら、ユージーンは器用にもシャーロットのナイトドレスのリボンを解き、ますますはだけさせると、自身も羽織っていたガウンを脱ぎ捨てる。

ついで彼が手をかけたのは、新妻のドロワーズ。さらには中途半端に纏うだけだったナイトドレスも脱がしてしまい、シャーロットはあっという間に生まれたままの姿にされた。

(ああ……っ)

こういうものなのだとわかっていても、やはり裸を晒《さら》すのはとても恥ずかしい。

シャーロットが羞恥心に悶《もだ》えている間に、ユージーンはいったん身を離して、寝間着と下着を脱ぎ始めた。

恥ずかしくてつい目を逸《そ》らしてしまったが、ちらりと見た彼の裸は、当たり前だがやはり女性の身体とは全然違っていた。ほっそりとしているのに意外に逞《たくま》しくて、シャーロットの心をさらに掻き乱す。

(い、今から私、ユージーンさまと、裸と、裸で……っ)

あああっと煩悶《はんもん》したシャーロットは、たまらず手近にあった枕に顔を埋めた。

もし一人きりだったら、きっとジタバタ両足を動かしていたに違いない。もっとも、シャーロット一人ならそもそも足をバタつかせるほど身悶《みもだ》える状況に陥《おちい》ってはいないのだが。

「シャーロット」

ギシッとわずかにベッドを軋《きし》ませ、ユージーンがシャーロットのすぐ傍に乗り上げて来る。彼はわずかに笑いを含んだ声で「こちらを向いて」と囁き、おずおずと顔を上げた妻の頬に、ちゅっと口付けた。

「また、恥ずかしがっていた……？」

「は、はい……」

「そういうところ、君はいちいち可愛いな」

「ふえっ⁉」

彼は度々羞恥に震えるシャーロットを面倒と思わず、可愛いと感じているらしい。

そして、自分の言葉に動揺する彼女をそっと仰《あおむ》向けに転がし、その華奢な身体に覆いかぶさった。

「んっ……」

また、キス。ちゅっと音を立てて落とされる口付けは、シャーロットの唇、頬、額、首筋、胸元……と、順番に施されていく。

「あぁ……っ」

今夜だけで、一生分のキスをした気分だ。

これが普通なのか、それともユージーンが輪をかけてキス好きなのか、経験も知識もないシャーロットには判断がつかない。

だが、彼の口付けがとても甘く、自分の心と身体をくすぐってやまないということだけはわかる。

そしてそれはユージーンの手による愛撫《あいぶ》も同じで、彼に触れられる度、未発達な官能の火がゆらゆらと揺らめき、次第に大きくなっていくのだった。

「あっ……あぁっ……」

「シャーロット、可愛い……」

「んっ、んぅっ……」

全身に口付けられ、撫でられ、シャーロットは甘い吐息を零す。

時折、緊張と不安から身体が強張ってしまうものの、彼女の身体はおおむね従順に、与えられる官能を享受していた。

ユージーンは焦らず、丁寧に愛撫を施してくれた。

これから純潔を散らすシャーロットがなるべく怖い思いをしないよう、気を配りながら。

だからシャーロットは、この行為に嫌悪感を抱かず、素直に身を任せることができたのかもしれない。

やがて、全身をくまなく愛《め》でていたユージーンの標的が、唯一手つかずだった彼女の下腹部——ぎゅっと閉じられた太ももの向こうに移る。

彼は絶え間ない愛撫にぽうっとなっていたシャーロットの脚をそっと摑み、開かせ、薄い金色の茂みに覆われた彼処へと顔を埋めた。

「～っ！　えっ、あっ、やぁっ……！」

シャーロットはぎょっと身を竦ませる。

まさかそこにユージーンが顔を近づけるだなんて、考えもしなかったのだ。

もちろん、この場所を使うということは聞いていたが、触れるのはせいぜい彼の手と、男性の証くらいだと思っていた。

「ど、どうして……っ」

「ここをちゃんと解《ほぐ》しておかないと、君が辛い思いをする」

これは必要なことなのだと、彼は秘裂を舌先で舐めながら、くぐもった声で言った。

「で、でも……っ、そんな、汚いところ……っ」

不浄の場所を夫に舐めさせるのが、本当に必要なことなのか。シャーロットにはにわかに信じがたい。

「汚くなんてない。君のここは、綺麗なピンク色で……」

わずかに顔を離したユージーンは、露《あら》わになった秘所をまじまじと見つめ、嬉しげに囁く。

「とても美味しい」

「～っ」

そんなことあるはずないのに、彼は美味な果実に貪りつくみたいにして、シャーロットの蜜口に唇を寄せ、舌を這《は》わせる。

「あっ……ああっ……」

肌を撫でられ、口付けを施されるよりも強い快感が、シャーロットを襲った。

（ど、どうして……っ？）

恥ずかしくてたまらないと泣きたくなる一方で、気持ち良い、もっと、もっとしてほしいと感じている自分がいる。

身体はますます熱を帯び、下腹の奥の方がキュン……と、甘く疼く。

それに比例するようにして、股のあわいからじわりと何かが溢《あふ》れ出《で》るのを感じた。

（ひっ……）

「ご、ごめんなさいっ。私……っ」

粗相をしてしまったと、シャーロットは涙ぐみながら謝罪したが、ユージーンは違うと言う。これは女性が快感を覚えると分泌する愛液で、潤滑剤《じゅんかつざい》の役目を果たし、性交の痛みから守ってくれるものなのだそうだ。

「そう……なの、ですか……？」

「ああ。……ちゃんと、感じてくれているんだな。よかった」

「あっ……」

愛液を溢《あふ》れさせるということは、すわなち、自分が快楽を感じていると主張しているのと同じである。そう改めて指摘されたシャーロットは、羞恥心に頬を染めた。

しかしユージーンはかえってか嬉しそうにして、とろとろと零れる蜜を熱心に舐め取っていく。

「やっ、あっ、ああっ……」

いや、恥ずかしい。

でも、気持ち良い。

もうやめて。

いいえ、やめないで。

相反する心が、シャーロットの胸を責《せ》め苛《さいな》む。

そんな中、彼女の身体だけは素直に悦《よろこ》びを表し、どんどん蜜を吐露していく。

シャーロットは官能を知る度、自分の心身がまったく別の何かに変わっていくような心地を覚えた。

「ああっ、あっ……んっ、あっ……」

やがて、ユージーンは指と舌の両方で彼処を攻め始めた。

彼の唾液と、シャーロットの蜜とで濡《ぬ》れた舌が、形をなぞるように秘裂の花びらを舐める。そうして少しずつ、まだ固い淫花を丹念に解しながら、わずかに緩んだあわいに指を挿《さ》し込《こ》み、蜜を掻《か》き出《だ》すのだ。

「んっ、んあっ……」

細く骨ばった指の腹が、敏感な内壁を擦る。

「ああっ……んっ」

腰がふわふわと浮いてしまうような快感に、シャーロットはたまらず、一際甘い嬌声《きょうせい》を上げた。

「可愛い……」

彼女の愛らしい声、そして痴態が自分を煽ってやまないと言わんばかり、ユージーンは攻勢を強める。

「あっ、ああっ……」

じゅぷっ、じゅぷんっ。今でははっきりと淫《みだ》らな水音を立てるほど、シャーロットの秘所はしとどに蜜を溢れさせていた。

それだけでなく、身体の中で燻《くすぶ》っていた官能の火がますます揺らめき、大きなうねりとなって、自分の意識を高みへと押し上げていく。

「ああっ、あっ、あっ、あっ、ああっ……」

そして彼女は、一番敏感な花芽をちゅうっときつく吸われた瞬間に——

「やっ、あああああっ……！」

生まれて初めての絶頂を、目も眩《くら》むような快感の果てを、経験したのだった。

「……はぁっ……はあっ……」

荒い息を吐き、絶頂の余韻に浸るシャーロットの股ぐらから、ユージーンがのっそりと顔を上げる。

彼の端整な口元や鼻先は、シャーロットの零した蜜で淫らに濡れていた。

ユージーンはそれを手の甲で拭い、妻の唇に口付けようとして、はたと動きを止める。

おそらく、秘所を愛撫したての口でキスすることを躊躇ったのだろう。

その代わり、彼は真っ赤に上気したシャーロットの頬にそっと口付けた。

「んっ……」

「シャーロット」

「ぁ……、ユージーン……さま……」

まだ頭がぼうっとして、忘我の境にいるシャーロットの耳に、彼の声が届く。

「なるべく優しくする」

ユージーンは半ば自分に言い聞かせるみたいに囁いて、シャーロットの秘裂に自身を宛《あ》てがった。

（あ……）

愛撫を施している間、ずっと我慢を強いられていたからか、彼の肉棒はすでに硬く屹立《きつりつ》していた。

「く……っ」

苦しげな吐息を漏らし、ユージーンがゆっくりと腰を押し進めてくる。

「……んっ、んんっ……」

シャーロットの淫花はまだきつく、挿入には痛みが伴った。

「いっ、いた……っ……」

肉を割り割かれるような痛苦に、たまらずシャーロットの瞳から涙が零れる。

それは、彼女が想像していた以上の痛みだった。

「ごめん、シャーロット」

罪悪感に表情を歪《ゆが》ませ、申し訳なさそうに謝りつつも、ユージーンは動きを止めない。

「ごめん……」

彼は泣きじゃくるシャーロットの涙を唇ですくいとり、幼子をなだめるようによしよしと頭を撫でる。

そうして謝罪の言葉を何度も口にしながら、腰を押し進めた。

「あぁっ……」

やがてユージーンの肉棒が根元まで埋まり、二人の身体がぴったりと重なる。

「……っ、あ……っ、お、終わった……?」

シャーロットは微かな安堵を滲ませて、彼に尋ねた。

しかしユージーンは、「すまない。もう少し、かかる」と言う。

「辛いだろうが、耐えてほしい」

「ん……っ、だい、じょうぶ……」

シャーロットは涙を浮かべた瞳で、へにゃりと力なく微笑った。

「ユージーンさまと、ちゃんと、ふうふになれて……うれしい」

とても痛くて苦しいのに、この時、シャーロットの心はそれ以上の喜びを感じていた。

彼はどこまでも優しく、自分に触れてくれた。

自分を宝物のように、大切に扱ってくれた。

さらには自分を気遣いつつも、一心に求めてくれた。

そのことが、シャーロットには嬉しくてならなかったのだ。

「……っ」

すると、何故だかユージーンははっと息を呑《の》み、シャーロットを見つめてくる。

「シャーロット。君という人は……っ」

「え……？」

「せっかく、なるべく優しくしようと抑えていたのに、こんな……」

（ユージーンさま……？）

「こんな可愛いことを言われてしまっては、もう、無理だ」

彼は切なげに表情を歪め、「ごめん」と短く謝罪する。

ついでユージーンはシャーロットの細腰をがっしりと掴み直すと、激しく腰を打ち付け始めた。

「えっ、あっ、ああ……んっ……」

「はっ……あっ……」

押し開かれたばかりの隘路《あいろ》が、硬い肉棒によって何度も穿《うが》たれる。

「あっ、ああっ……」

整いかけていた呼吸が、またすぐに乱れる。

苦しくて、痛い。

でも、不思議にやめてほしいとは思わなかった。

「く……っ、あ……っ」

(ユージーンさま……)

彼の切なげな、それでいて恍惚《こうこつ》とした表情から、シャーロットはなんとなく、こうすることでユージーンが快感を得ているのだと察する。

そして彼女自身も、痛みだけでない感覚が徐々に生まれていくのを感じた。

「シャーロット、シャーロット……!」

「ユ、ユージーンさまぁっ……」

氷雪に喩《たと》えられる彼には不似合いなほど、熱い炎を宿した瞳で自分を抱くユージーンは、すっかり理性の箍《たが》が外れてしまっているようだった。

そうしてシャーロットはその夜、彼に思う存分身体を貪り尽くされたのだった。

◇◇◇

ぐしゃぐしゃに乱れたシーツの上に、生まれたままの姿のシャーロットが横たわっている。ユージーンが彼女の蜜壺に何度目かの精を吐き出したころ、ついに限界を迎えたのか、気絶するように寝入ってしまったのだ。

「ごめん……」

優しくすると約束したのに、結局果たせなかった。

嵐のような劣情が鎮《しず》まり、ようやく我に返ったユージーンは、眠るシャーロットを見つめ、申し訳なく思う。

彼女の肌は桃色に上気し、うっすら汗ばんでいた。今は固く閉じられた目を縁どる長い睫毛《まつげ》は涙に濡れ、きらきらと輝いて見える。

(たくさん、泣かせてしまった)

ただ幸いにしてシャーロットの寝顔は穏やかで、苦痛の色は微塵も感じられない。

自分が何度も口付けた小さな唇はわずかに開き、そこからすうすうと微かな寝息が聞こえてくる。

「……………」

男と交わった後の艶《なま》めいた色香を纏いつつ、あどけない顔で眠るシャーロットの、なんと魅力的なことか。もし自分が欲を満たしたあとでなければ、寝ているのも構わず襲いかかっていたかもしれないと、ユージーンは苦笑した。

「君は、本当に可愛いな……」

今日何度頭に浮かんだかわからない思いを、彼は口にする。

求婚に赴《おもむ》いたアッシュベリー子爵邸で初めて会った時から、愛らしい顔立ちの娘だと思ってはいた。

可愛いものに目がない母が、社交界で見かけた彼女を密かに『妖精さん』と呼んで、こっそり見守り愛でていたというのも頷ける。

シャーロットを妻に迎えたいと話した時、母は「妖精さんが私の娘になるのね！　でかしたわ、ユージーン！」と、大喜びだった。実の息子が最難関と呼ばれる文官登用試験に合格した時にだって、そこまで喜んではいなかったと思う。

しかし今は少しだけ、彼女を『妖精さん』と呼んでいた母の気持ちがわかる。

昼間、大聖堂の祭壇の前でベールを上げ、間近に見たシャーロットは格別に美しく、思わず息を呑むほど輝いて見えた。綺麗な花嫁衣装と、入念に施された化粧の効果だろうか。

いや、きっとそれだけが原因ではない。現に自分は、何も纏わず、何も装わず、生まれたままの姿を晒している彼女のことを、いっそう愛らしいと感じている。

初心な乙女らしく、性的な交わりに強い恥じらいを見せ、それでいて一生懸命自分を受け入れようとしてくれたシャーロット。そして、自分の愛撫にだんだんと反応を見せ、快楽に染まっていく彼女はとても可愛らしかった。

ただ魔法のお菓子を目当てに望んだ結婚相手だったけれど、とてもいい選択をしたのではないか。ユージーンは満たされた思いで、眠るシャーロットの頰を撫でる。

彼女はどこもかしこもふわふわと柔らかく、つい触れてしまいたくなるのだ。

「シャーロット……」

彼女のことを思えば、もう少し時間をかけ、慣らしてから抱くべきだったのかもしれない。

しかしそんな余裕は、ユージーンにはなかった。

いや、最初はあったのかもしれない。

けれどシャーロットに「ユージーンさまと、ちゃんと、ふうふになれて……うれしい」と言われた瞬間、心臓を鷲掴《わしづか》みにされたような心地がして、わずかに残っていた余裕など木っ端微塵《こっぱみじん》に吹き飛んでしまった。

痛苦を覚えながら、それでも健気《けなげ》に自分を受け入れようとしてくれたシャーロットはあまりに愛らしくて、魅力的だった。思い返すだけで、また衝動が込み上げてきそうになる。

（……いや、だめだ）

これ以上シャーロットに相手をさせるのは、さすがに申し訳ない。

ユージーンは再び鎌首をもたげかけた欲望を必死に振り払い、ベッドを降りた。

このまま共に寝入るのもいいが、その前に自分と彼女の身体を清めようと思ったのだ。

シャーロットの肌はお互いの汗と体液で汚れ、あちこちに赤い鬱血の痕《あと》が散っている。

彼は自分がいかに暴走してしまったか、改めて突きつけられた気がした。

「……ろくでもない夫で、すまない」

ユージーンはそう、謝罪の言葉を口にする。

そしてせめてもの償いにと、甲斐甲斐《かいがい》しく情交の後始末に励んだのであった。

第三章

「ん……」

結婚式の翌日。シャーロットは温かな寝具の中で身動《みじろ》ぎ、ついで、ゆっくりと瞼《まぶた》を開けた。

（……あら？）

ベッドを囲う帳《とばり》はこんな色だったかしらと、見慣れない天蓋に違和感を覚える。

しかしすぐ、昨夜は新居の寝室で過ごしたことを思い出して、「ああ、そうだったわ」と得心した。

自分は結婚し、ユージーン・レンフィールドの妻になったのだった。

そして、彼と――

「……っ」

初夜の記憶がまざまざと蘇《よみがえ》り、シャーロットは赤面する。

途中から意識が飛び飛びになっているけれど、ユージーンはとても旺盛に自分の身体を求めてきた。初めて男女の営みを経験したシャーロットはなすすべなく、与えられる快楽に翻弄されっぱなし。

体力の限界を迎え、気絶するように寝入るころには、もう空が白み始めていたと思う。そのせいか全身が重く、腰や下腹部にも微かな痛みがあった。

（そういえば……）

お互いの汗や体液で濡れていたはずの身体が今は綺麗に清められ、下着とナイトドレスを着せられていることに、シャーロットは遅れて気づく。

よく見れば、ぐちゃぐちゃに乱れていたシーツも新しいものに変わり、きちんと整えられていた。使用人か、もしくはユージーンがやってくれたのだろうか。

前者だとしたら、夫に抱かれて乱れに乱れた身体やベッドを見られたのかと思うと、たまらなく恥ずかしい。

そして後者だとしても、ユージーンの手で身体を清められたのかと考えただけで、やはりとても恥ずかしかった。

（ああっ……）

シャーロットは広々としたベッドの上で一人、羞恥心に身悶える。

そう、彼女は一人だった。このベッドで共に休んだはずの夫の姿は、寝室のどこにも見当たらない。

(……先に、お一人で朝食をとりに行かれたのかしら……?)

シャーロットが彼の行方《ゆくえ》について思いを馳《は》せたちょうどその時、ノックもなしに突然、寝室の扉が開く。

(えっ⁉　あっ、ユージーンさま……)

扉を開けて入ってきたのは、まさに今頭を過っていた彼だった。

ユージーンはラフな平服――白いシャツに黒のトラウザーズ姿で、料理の載ったトレイを持っている。

「起きていたのか」

「は、はい」

どうやら彼は、シャーロットがまだ寝ていると思い、ノックを省いたらしい。

「寝過ごしてしまったようで、申し訳ありません」

「いや、君が謝ることはない」

ユージーンはベッドの傍に歩み寄り、「俺の方こそ、昨夜はすまなかった」と妻に詫《わ》びた。

(え……?)

「君は初めてだったのに、無茶をさせてしまった」

身体に痛みはないか?　辛いところは?　と矢継ぎ早に気遣われ、シャーロットは答えに窮する。

「え、えっと……」

彼が察してくれた通り、身体は辛い。本来なら自分も身を起こしてユージーンと話さなければと思うのに起き上がれないほど力が入らず、下半身には痛みも残っている。

しかし、自分の不調を正直に告げるのは、なんとなく躊躇われた。十分に心配してくれている彼に、これ以上責任を感じてほしくなかったのだ。

それに昨夜の経験は、シャーロットにとってただ痛みや苦しみを与えるだけのものではなかった。

むしろ、ユージーンにあれほど求められて嬉しかったと感じる気持ちや、本当の意味で夫婦になれた喜びといった感情の方が勝っている気がする。

だからシャーロットは答える代わり、「謝らないでください」と彼に告げた。

「私は大丈夫です。確かに、今はまだ本調子ではありませんが……。これくらい、少し休めば元気になります」

「だが……」

「私、これでもけっこう丈夫なんですよ。子どものころから、自分の作った魔法のお菓子を食べ続けていたせいかしら」

シャーロットが重ねて「だから大丈夫です」と言えば、ユージーンは「そうか……」と、ひとまず納得してくれた。

「ところで、今は何時なのでしょう？　私はどれくらい眠っていたのですか？」

ベッドから見える範囲に時計がないため、シャーロットには現在の時刻がわからない。寝室のレースカーテン越しに日の光が差し込んでいるので、もう太陽が昇っているということだけはわかるのだが。

「ああ、午後一時を少し過ぎたくらいだ。君は明け方ごろに寝入ったから、八時間は眠れたんじゃないか？」

「ええっ⁉」

てっきり、まだ午前中だとばかり。

シャーロットは、自分が思った以上に寝過ごしていたことを知ってとても驚いた。

「それだけ疲れていたんだろう」

一方、ユージーンはいつもの習慣で早くに目を覚ましたようだ。

休暇中なので朝の支度を急ぐ必要もなく、また使用人達にもこちらから呼ぶまで寝室には近づかないようにと言い含めていたため、邪魔も入らない。

彼はしばらくの間、傍《かたわ》らですやすやと眠っているシャーロットの寝顔を眺めて過ごしていたのだとか。そうしているうちにつられて眠くなり、久方ぶりの二度寝を堪能《たんのう》した。そして今から一時間ほど前に改めて目を覚まし、ようやくベッドを離れたのだそうだ。

ちなみに、シャーロットの身体やシーツを綺麗にしたのは、やはりユージーンだった。

彼女が寝入ったあと、湯に浸した布でそれぞれの身体を拭い、シーツを替えてから、自分も眠りについたらしい。

（ううっ……）

そう聞かされて、シャーロットは恥ずかしいやら申し訳ないやら。

彼に無防備な寝顔をまじまじと観察されてしまったことも、全身を清拭《せいしき》してもらったことも、どちらもシャーロットの羞恥心を煽ってやまない。それに、なんだかユージーンにばかり手間をかけさせてしまったようで、心苦しかった。

「ごめんなさい、ユージーンさま……」

「気にするな。……そうだ。食事を持ってきたんだが、食べられるか？」

彼はシャーロットの目線に合わせて膝を曲げ、トレイに載せた料理を見せてくれる。

（わあ……）

指で簡単に摘まめるミニサンドイッチに、一口サイズにカットされた果物が、それぞれの皿に綺麗に盛り付けられている。取っ手付きのカップには、ジャガイモの冷製スープが注がれていた。

おそらく、初夜で疲れているだろうシャーロットがわざわざ食堂に行かずとも食事をとれるよう、ベッドの上でも食べやすいもの、さらに冷めても美味しいものをと、ユージーンが用意させてくれたのだろう。

その気遣いが何より嬉しくて、シャーロットの表情が綻ぶ。

「美味しそうですね。なんだか急にお腹が空いてきました」

「よかった。じゃあ、さっそく一緒に食べよう」

先に起きていたユージーンだが、まだ食事をとっていなかったらしい。シャーロットが起きたら共に食べようと、待っていてくれたのだそうだ。

彼の手を借りて上半身を起こしたシャーロットは、ユージーンが置いてくれた大きめのクッションにもたれ、彼と並んで朝食を口にした。ちなみに大きなトレイは、二人の膝の真ん中に載せられている。

二人は他愛ないおしゃべりを楽しみながら、遅い朝食兼昼食をとった。

話すのはもっぱら、昨日の結婚式と披露宴のこと。緊張のあまりよく覚えていないシャーロットのために、ユージーンがあれこれ語り聞かせてくれたのだ。

その思い出話も一段落ついたころ——

「こんなにゆっくりとした時間を過ごすのは、ずいぶんと久しぶりだ」

瑞々しい苺《いちご》を摘まんだユージーンが、ふいに、しみじみと呟いた。

「私もです」

シャーロットはふふっと微笑んで頷く。

実家にいた時はいつも早起きしてお菓子を作っていたし、ここしばらくは結婚の準備でずっとバタバタしていたから。

「たまには、こういうのも悪くないな」

そう言って、ユージーンは自分が摘んだ苺を、何を思ったのか己の口ではなく、シャーロットの口に運んだ。

「ん……っ」

彼の指先が唇を掠《かす》め、シャーロットの胸がドキッと跳ねる。

「美味《うま》いか？」

（び、びっくりした……）

本当は驚きのあまり味なんてよくわからなかったが、シャーロットはこくこくと頷いた。

「美味しい、です」

「そうか」

ユージーンは満足げに、ふっと表情を和ませる。

（あっ……）

とたん、さっきはドキッと跳ねた胸が、今度はキュンッと締め付けられた。

（や、やっぱり、ユージーンさまの笑顔は心臓に悪いわ……）

シャーロットは、かあああっと赤くなる頬の熱を冷ますように、ひんやりとした冷製スープを口にした。

しかしユージーンは給餌《きゅうじ》するのをすっかり気に入ったのか、その後も度々サンドイッチや果物を摘まんでは、シャーロットの小さな口に運び、食べさせようとする。

（自分で食べられるのに……っ）

「シャーロット、口を開けて」

「……っ」

そうしてシャーロットは始終ドキドキさせられながら、ユージーンと午後のひとときを過ごしたのだった。


寝室でシャーロットと食事をとったあと、ユージーンは今のうちに侯爵家の領地から届いた報告書を確認しておきたいと言って、書斎に籠ってしまった。

彼は、結婚式の前日から五日間の結婚休暇をとっている。つまり今日を含めてあと三日間は休みなのだが、仕事中毒なユージーンは、何もせずにいるというのは性に合わないようだ。

たまには悪くないと言っていた『のんびりする時間』は、もう十分に堪能したということなのだろう。

新婚早々夫に放っておかれる形となったシャーロットは少しばかり寂しさを感じたもの

の、もしかしたらこれは、「自分がずっと傍にいては、ゆっくり休めないだろうから」という、彼なりの気遣いだったのでは？　とも思っている。

それに、シャーロットはシャーロットでやりたいことがあった。魔法のお菓子作りである。

まだ少し身体が辛かったし、ユージーンからもゆっくり休むように言われたけれど、数日ぶりにお菓子を作りたいという欲求を我慢できなかったのだ。その点、二人は似た者夫婦なのかもしれない。

ユージーンが寝室を出たあと、シャーロットは結婚後も自分付きの侍女としてついてきてくれたメアリーを呼んで身支度を手伝ってもらい、厨房に向かった。

この屋敷の使用人達はみな、新しい女主人がお菓子作りを趣味としていること、また魔法のお菓子を作れることをユージーンから聞いていたらしく、厨房を使わせてもらえないだろうかと願い出たシャーロットに、快く場所と材料を提供してくれた。

厨房では、女性の料理長を筆頭に、キッチン・メイド達がてきぱきと夕食の下ごしらえに勤《いそ》しんでいる。アッシュベリー子爵邸もそうだったが、こちらの屋敷も厨房は女性のみで切り盛りしているようだ。

（実家にいた時とは違って専用の厨房がないから、お菓子作りは料理人達の邪魔にならないよう、気をつけなければならないわね）

そう思いつつ、シャーロットは愛用のエプロンの紐《ひも》をキュッと結ぶ。

（さて……と）

休日にも仕事に励むユージーンや、これからお世話になるこの館の使用人達のために、とびきり美味しいお菓子を振舞おう。

シャーロットは料理長が用意してくれた材料をひとしきり眺め、レモンメレンゲパイを作ろうと決めた。バターたっぷりサクサクのパイ生地の上に、甘酸っぱいレモンクリーム、ふわふわのメレンゲを載せて焼いた、見た目にも可愛いお菓子だ。

（作るのは久しぶりだけど、大丈夫。レシピはちゃんと頭の中に入っているわ）

パイ生地は料理長が多めに作っていたのを分けてくれたので、それを使わせてもらう。シャーロットが一から作るのは、レモンクリームとメレンゲだ。

（ふふっ。やっぱり楽しい）

数日ぶりのお菓子作りに浮かれつつ、シャーロットはてきぱきと調理を進めた。

一度型に入れて焼いたパイ生地の上に、レモンクリーム、泡立てたメレンゲを重ねる。

メレンゲはスプーンを使って表面を波立たせ、もこもことした模様を作った。

使用人の人数も考え、大きめにしたパイの数は全部で五ホール。

あとはオーブンで焼くだけとなった完成間近のレモンメレンゲパイに、シャーロットは祈りを込めた。

（美味しくなりますように。これを食べてくれる人が、元気になりますように）

そして……

（ユージーンさまが、喜んでくれますように）

その祈りに応え、作業台の上で五つ並んだパイがぽうっと輝きを放つ。

とたん、初めて魔法の光を目の当たりにした料理長やキッチン・メイド達から「わああっ」と歓声が上がった。

（あら……？）

しかしシャーロットは微かな違和感を覚え、首を傾《かし》げる。

（いつもより、輝きが強かった……？　それに色も、ほんのりピンク色がかって見えたような……）

とはいえ、光ったのは一瞬のこと。自分の気のせいかもしれない。

（一応、あとで確認してみましょう）

どうせ焼き上がったら味見をするつもりだったのだ。何か不具合があれば、その時にわかるだろう。

シャーロットはそう結論づけて、キッチン・メイド達が温めておいてくれた大型オーブンに、五ホール分のパイをどんどん入れていった。

それから約一時間後。シャーロットは完成したレモンメレンゲパイと紅茶のセットを一式ワゴンに載せ、ユージーンの書斎を訪ねた。

パイ自体は十五分ほどで焼き上がったのだが、粗熱をとるのに少し時間を置いたのだ。ある程度冷ましてからでないと、切り分けがしづらいのである。

（ユージーンさま、気に入ってくださるかしら……？）

カットしたあと、さっそく自分の分を食べてみたが、味や魔法の効果に問題はないようだった。なかなか美味しくできたと思うし、初夜の疲れや痛みも和らいだ。

（休暇中にもお仕事に励むユージーンさまの力に、少しでもなれたらいいのだけれど……）

そんな思いで書斎の扉をコンコンとノックし、「シャーロットです。入ってもよろしいですか？」と声をかければ、すぐに「どうぞ」と応えがある。

「失礼いたします」

シャーロットは扉を開け、ワゴンを中に運び入れた。

（まあ……）

初めて目にしたユージーンの書斎は、子爵邸にあった父や兄の書斎よりずいぶんと広い。

だが左右の壁一面を埋める本棚だけでなく、ワークデスクやローテーブル、棚、寝椅子など、あちこちに本や書類が乱雑に積み上げられているせいか、実際より狭く感じられた。

なんとなく、ユージーンの部屋ならきちっと整理整頓されているイメージがあったが、意外に無頓着《むとんちゃく》なようだ。

シャーロットが思いがけない部屋の有様に驚いていたら、ワークデスクで書類の山に囲まれていたユージーンが決まり悪げな顔で、「あまりに荒れていて、呆れただろう？」と苦笑した。

「資料や書籍が棚に納まりきらなくて。適当に積んでいくうちにそこが定位置になり、下手にいじると場所がわからなくなるから、あまり動かせないんだ」

あと単純に、整理整頓する時間と手間が惜しいらしい。

びっくりはしたが、それだけ熱心に仕事に励んでいるということなのだろう。

「一応、定期的に掃除だけはさせているから、埃《ほこり》は積もっていない。お菓子を持ってきてくれたんだろう？　よかったら、君もお茶に付き合ってくれないか」

彼はシャーロットが運んできたワゴンを見て、そう言った。

「え、と……」

お茶とお菓子を差し入れたらすぐに去るつもりでいたため、レモンメレンゲパイも紅茶のカップも一人分しかない。

しかしユージーンは紅茶を飲みながら資料の確認をしていたらしく、自分の分は元々使っていたこちらのカップに注いでくればいいからと、シャーロットに同席を頼んだ。

「一人だと、また書類にばかり集中してしまいそうなんだ。君がいてくれると助かる」

そうまで言われれば、断る理由もない。ポットにはたっぷり紅茶を淹《い》れてきたので、二人分はある。

「わかりました。それでは、ご一緒させていただきますね」

「ああ。……っと、場所は……」

ユージーンは立ち上がって、書斎の隅にあった寝椅子とローテーブルの上を片付けた。大きめの寝椅子の背にはブランケットがかけられていたから、時折ここで仮眠をとっているのかもしれない。

シャーロットは、棚やテーブルにぶつけて上に積まれた書籍類を崩してしまわないよう慎重に、ワゴンを運んだ。ついで、ティーセットとパイの皿をローテーブルに並べ、寝椅子に腰かける。

寝椅子は一つしかないので、ユージーンは当然、彼女の隣だ。ベッドで食事をとった時と同じく、二人並んで座る。

「はい、どうぞ」

シャーロットは彼のティーカップに紅茶を注ぎ、パイの皿にフォークを添えて手渡した。

「レモンメレンゲパイです。お口に合うといいのですが……」

「ありがとう」

シャーロットは自分のカップに紅茶を注ぐのも忘れ、レモンメレンゲパイを口にするユージーンをドキドキしながら見つめた。

味には自信がある。

けれどやはり、いざとなると相手の反応が気になって、心配になるのだ。

「…………」

銀のフォークで一口分切り分けたパイを、ユージーンがぱくっと頬張る。

（ど、どう……かしら……？）

もっとレモンクリームの酸味を控えめにした方がよかっただろうか。

あるいは、もっと甘みを強くするべきだったか。

不安に駆られるシャーロットの視線の先、咀嚼したパイをごくんと飲み込んだユージーンが、ふわりと相好を崩した。

「美味い」

「……よ、よかったぁ……」

シャーロットはホッとして、ティーカップを手にとる。

（あっ）

紅茶を飲もうとしたのだが、まだ中身が入っていないことを思い出し、慌てて注いだ。

（空のカップに口をつけたところ、見られたかしら？　恥ずかしいわ……）

しかし幸いと言うべきか。ユージーンはレモンメレンゲパイに夢中で、妻のささやかな失敗には気づいていない様子だった。

「……うん。レモンの爽やかな甘酸っぱさがちょうどいいな。パイ生地もサクサクだし、メレンゲも口当たりが良くて、いくらでも食べられそうだ」

さらにもう一口、二口……と食べ進めながら、ユージーンが絶賛する。

「しかも美味いだけじゃなく、疲れが癒え、活力が漲ってくる。本当に素晴らしい魔法だ。君がいてくれたら、どんなに面倒な書類もあっという間に片付けられる気がする。ありがとう、シャーロット」

「ユージーンさま……」

彼の、心からの賛辞が胸に沁《し》みて、喜びがじんわりと溢れてくる。

「ありがとうございます。ユージーンさまのお役に立てて、私も嬉しいです」

シャーロットは風に揺れる花のように、ふんわりとした笑みを浮かべた。

「……っ」

喜色に満ちた彼女の笑顔を間近で目にしたユージーンが、はっと息を吞む。

そして何を思ったのか、まだ数口分残っているパイの皿をテーブルに戻し、突然――

「んんっ……!?」

シャーロットの肩を抱き寄せ、その唇に口付けた。

（えっ、ええっ。ユージーンさま、急にどうなさったの……？）

触れ合った唇の隙間から彼の舌が入り込んできて、自分の舌を撫でる。

とたん、シャーロットの背にぞくぞくっと震えが走った。

「あ……っ、んぅ……」

「……っ、は……ぁ……」

ひとしきり咥内を貪ったあと、ようやくユージーンの唇が離れる。

（あ……）

それを少しだけ名残惜《なごりお》しく感じた自分は、たった一晩でずいぶんと淫らな女になってしまったのかもしれない。シャーロットはそう、後ろめたく思った。

「急に、すまない」

ユージーンは熱っぽい眼差しで妻を見つめ、言う。

「無性に、君に触れたくなった」

「ユージーンさま……」

かあああっと、頬が熱くなる。

鼓動がドキドキと早鐘を打って、胸が苦しい。

自分をじっと見据える彼の瞳を、直視できない。

「今すぐ君を抱いてもいいだろうか……？」

「えっ……」

（今すぐって、まさか、こ、ここで……⁉）

ユージーンは、何故だか突然そういう気分になったらしい。

「よ、夜じゃない……のに？」

「夫婦の営みは、夜にしかしてはいけない、というものでもない」

「そうなのですか……？　で、でも……」

「嫌、か……？」

「……っ」

（ず、ずるいわ……っ）

だって、そんなしゅんとした顔で「嫌か」と問われたら、「嫌です」なんて絶対に言えないではないか。

そもそも、昨夜もそうだったけれど、彼に触れられること、抱かれることが心底嫌なわけではないのだ。

キスをされ、背筋がぞくぞくっとしたのだって、嫌悪感からではない。

「………………」

幸か不幸か、シャーロットも味見を兼ねて魔法のレモンメレンゲパイを食べたので、体力はすっかり回復している。夫の求めに応じるのに、支障はない。

しかし、だからといって「はい、いいですよ」と言葉にして答えるのはとても恥ずかしく、彼女は逡巡《しゅんじゅん》の末、自分の答えを待つユージーンの身体におずおずと抱きついた。

それがシャーロットにできる、精いっぱいの返答だった。

「シャーロット……。いいのか……?」

問われたシャーロットは、顔を真っ赤にして小さく頷く。

彼女のいじらしい仕草が心の琴線に触れたのか、ユージーンは「くっ……」と呻《うめ》き、妻をぎゅっと抱き締め返した。

「ありがとう、シャーロット」

そしてもう一度、キスをする。

感謝の口付けはまず頬に。続いて額、鼻先、唇と、優しく触れるだけのキスが何度も落とされた。

「ん……っ」

こんなにたくさん口付けをするなんて、ユージーンはやはり、キスが好きなのかもしれない。そして自分も、彼に口付けられるのが好きだと、シャーロットは思った。

ユージーンとキスをする度、胸がくすぐられてとてもこそばゆいような、でもそれがかえって心地良いような、不思議な感覚が襲ってくるのだ。

「あっ……んっ」

ユージーンは次第に、舌を絡め合う深いキスも交えた攻勢でシャーロットを翻弄する。

そうしながら彼は、妻のドレスにそっと手を伸ばした。

「んぅっ」

シャーロットはお菓子を作るため、動きやすい簡素なものを身に纏っていたから、普通のドレスに比べて脱がすのも容易《たやす》い。まして、腰をキッキツに締め付けるコルセットが苦手なシャーロットが、平素はあまりそれを着用せずにいたのも、彼にとっては好都合だったろう。

（ああっ……）

気づけば彼女はシュミーズとドロワーズだけの下着姿に剝《む》かれ、ユージーンの膝に乗せられていた。

下着越しに身体を撫でられ、唇を貪られているシャーロットの白い肌には、いくつもの赤い痕が散らばっている。

着替えの際に初めて気づいた彼女はぎょっとして、何かおかしな病気に罹《かか》ったのではと慌てたのだが、メアリーがあらあらと微笑ましげに、これはキスマークと呼ばれるもので、肌に吸い付くとこのように痕が残るのだと教えてくれた。

つまり赤い痕は、情交の印。シャーロットがユージーンから深く寵愛《ちょうあい》を受けた証でもある。

それを付き合いの長い侍女に見られてしまったシャーロットは、恥ずかしさのあまり顔から火が出るかと思った。

そんな妻の羞恥心も知らず、ユージーンはまたも熱心に彼女の肌へ痕を刻んでいく。まるで、この身体は自分のものであると主張するかのように。

「んっ、あっ……」

痕が残るのは気恥ずかしいが、こうして肌を吸われるのは嫌ではない。ちりっとした痛みの先に、身体の芯がキュンっと疼くような感覚があって、気持ち良いのだ。それに、彼に強く求められていると感じられて、嬉しくもあった。

やがてユージーンの攻勢は、すっかりとはだけられ、露わになった胸元に集中する。

「あっ……あぁ……っ」

彼は柔らかいふくらみを揉みしだき、その頂《いただき》にある小さな実を口に含んでは、舌先でころころと転がした。

そうされると、身体中がぶわっと粟立《あわだ》つような快感が込み上げてきて、どうしようもなく、下腹の奥が疼いてしまう。

「んっ……うっ……」

快楽に浮かされ、あられもない声を上げそうになるのを、シャーロットは必死に堪えた。

今は昼日中。書斎前の廊下を、使用人の誰かが通りがかるかもしれない。

もしこんな声を聞かれてしまったら、恥ずかしくてもう、この屋敷で暮らしていけない。

「シャーロット……」

彼女がきつく唇を噛《か》んで声を出すまいとしていると、それに気づいたのか、ユージーンが唇を合わせてくる。

まるで、シャーロットの声を代わりに封じてやろうとするかのように。

「んぅ……」

シャーロットは彼に、「もう唇を噛みしめなくていいんだよ」と、優しく諭《さと》された気がした。

「ぁ……ん、んぅっ、んっ……」

ユージーンの舌が優しく、淫らに、咥内を這《は》い回《まわ》る。

「……っ、はぁっ……」

何度も角度を変えて深く口付けながら、彼は指先で、硬くしこった胸の頂を攻めてくる。

（ああっ……）

指の腹でくにくにっと捏ねられ、時にきゅっと摘まれて、シャーロットはたまらず身をよじった。

やがてユージーンは、その矛先《ほこさき》を彼女のお尻へと向ける。

シュミーズの裾が捲《まく》し上げられ、ドロワーズをずり下げられる。丸みを帯びた尻肉を摑まれ、割り開かれて、シャーロットは「あっ」と羞恥の声を上げた。

(いっ、いやっ、恥ずかしい……っ)

とっさに身を固くするも、臀部《でんぶ》をやわやわと揉まれ、割れ目に指を這わせられるうち、快感の方が勝って力が抜けていく。

「あっ……あぁっ……」

どうして彼の掌は、こんなにも自分を気持ち良くしてくれるのだろう。

ただ触れられただけでも胸がドキドキと騒ぐ。羞恥心から突発的に「嫌だ」と感じることはあるものの、すぐに「もっと触ってほしい」という思いに塗り替えられる。

自分はすっかりおかしくなってしまったのかもしれない。

シャーロットが快楽の狭間《はざま》、心身の変化に少しの恐れを感じていると、これまで後ろに手を回してお尻を撫でていたユージーンが、今度は前からシャーロットの秘所に触れた。

「んぁっ」

中途半端に脱がされたドロワーズの隙間から、彼の指先が侵入してくる。

そこはすでにたっぷりと蜜を滴《したた》らせていて、ユージーンが指を動かす度、くちゅっ、くちゅりと淫らな水音を鳴らした。

「こんなに濡らして……」

くすりと笑いを含んだ声で、彼が呟く。

「……っ」

その言葉にシャーロットの痴態を咎める響きはなかったし、むしろ彼はとても嬉しそうだったが、それでもやはり、口にされれば羞恥心が湧き立つ。

シャーロットはかあっと頬を染め、いやいやと首を横に振った。

「そ、そんな意地悪をおっしゃらないで……」

「すまない。君があまりに可愛いので、つい」

「かっ、かわっ……」

可愛くなんて、ありません……

そう呟く声は、恥ずかしさのあまり消え入りそうなほどか細かった。

ますます羞恥心に駆られるシャーロットに、ユージーンは「ごめん、もう意地悪はしない」と言って、唇にちゅっと謝罪のキスを贈る。

ついで彼は、それまで半端に留まっていたシャーロットの下着を器用に剝《は》ぎ取《と》り、床に落とした。

ぱさりと、下着の落ちる音がやけに大きく響く。

そうしてシャーロットは生まれたままの姿で、ユージーンの膝に抱かれた。

一方、彼は多少シャツが乱れているものの、しっかりと服を着込んだままである。なんだか自分ばかりが恥ずかしい思いをさせられているようで、少し悔しい。

さりとて、ユージーンに服を脱いでと促すことも、自らの手で彼を裸にすることも、初心なシャーロットにはできそうもない。

「シャーロット、口を開けて」

「……んっ……」

結局彼女にできるのは、夫の言葉に素直に従うことのみ。

だが、そうすればユージーンが可愛がってくれることを、シャーロットはもう知っている。初夜の床で彼が一晩をかけ、自分にそう教え込んだのだ。

自ら開いたシャーロットの唇に、ユージーンが口付ける。

舌を絡めるキスにもだいぶ慣れてきた。どう動かせば気持ち良くなるのかも、今ではなんとなくわかる。

「んっ、んぅっ……」

ユージーンはシャーロットの唇を淫らに貪りつつ、再び彼女の秘裂へと手を伸ばした。

しっとりと濡れそぼる花びらに優しく指の腹を這わせ、擦る。短く切《き》り揃《そろ》えられた爪が時折、掠めるように花芽に当たり、シャーロットはその度にびくっと身体を震わせるのだった。

「あっ、あぁっ……」

高まっていく官能の熱に比例して、蜜がどんどん溢れていく。

「あっ……」

淫靡《いんび》な雫《しずく》がユージーンの手を濡らし、滴り、寝椅子の座面に落ちるのが恥ずかしくて、申し訳なくて、シャーロットは泣きそうになる。

けれど、だからといって彼の手を拒んだり、この場から逃げ出すことはできない。いいや、したくない。

後ろめたさは消えないが、それ以上にこのまま彼と交わっていたいという気持ちの方が勝るのだ。

「あっ……んっ、あぁ……」

ユージーンの指の動きが早くなり、いよいよ快感が極まってくる。

初夜の床で何度も経験した、頭の中が真っ白になるようなあの恍惚が、間近に迫っていた。

「ユージーンさま……っ、わ、私……っ、もう……っ」

「ああ。君が果てる姿を、俺に見せてくれ」

彼はうっとりと呟いて、淫花のあわいに指を沈め、蜜を掻き出す。

「あっ……あぁっ……」

しかもそれだけでなく、一番敏感な花芽をキュッと摘まれ、擦られて――

「ひあっ、あっ、あああっ」

シャーロットは子猫がすすり泣くような絶頂の声を上げ、ユージーンの胸にぎゅっとしがみついた。

「君は本当に可愛いな」

絶頂の余韻に震える妻の背を優しく撫で、ユージーンが呟く。

「……っ」

果てた直後で敏感になっている身体は、ただ撫でられただけ、耳元で囁かれただけでも、びくっ、びくっと震えてしまう。

そんなシャーロットのことが可愛くてならないとばかり、ユージーンは笑みを浮かべ、彼女の額や頬、髪に何度も口付けをした。

そして、いよいよ自身のトラウザーズを寛《くつろ》げ、硬く屹立した肉棒を秘所に宛てがう。

「シャーロット……」

「ん……っ、ぁ……っ」

彼の手でしっかりと支えられたシャーロットは、優しく促されるまま、ゆっくりと腰を沈めた。

ずぷずぷっと濡れた肉を割って、ユージーンの自身が突き立てられる。

昨夜さんざんに交わった淫花は柔らかく解れていたが、彼女の隘路はユージーンを受け入れるには少し小さく、狭く、苦しさと微かな痛みが伴う。

「く……っ」

けれど、切なげに表情を歪めながら熱い息を吐き、自分をぎゅっと抱き締めてくるユージーンが、なんだかとても愛らしく思えて……

（ユージーンさま……）

痛苦など気にならないほどの喜びが、胸いっぱいに広がっていくのだ。

「シャーロット……」

彼は妻の背中、そしてお尻を撫でてから、改めて彼女の腰を摑み直す。

そして下から突き上げるように、シャーロットの蜜壺を穿ち始めた。

「あっ……んっ、あぁっ……」

硬い強直に濡れた花孔を容赦なく擦られて、たまらずに鼻にかかった甘い声が漏れてしまう。声を抑えなければと思うのに、押し寄せる快楽の波に耐えるのに必死で、ままならない。

「シャーロット……っ、シャーロット……」

「あぁっ、ユージーンさまぁ……っ」

どっしりとした造りの寝椅子が、あまりの激しさにガタガタと揺れた。

この音を聞きつけて、使用人の誰かが様子を見に来るかもしれない。

そんな恐れが一瞬頭を掠めたものの、シャーロットはすぐにまた快楽の波に囚《とら》われ、何も考えられなくなった。

「あっ、あぁあっ……んっ、あっ……」

「はあっ……くっ……」

ユージーンとの交わりはとても気持ち良くて、心が満たされる。

けれどそう感じる一方で、切なく焦れる思いもあり、もっと、もっとと急《せ》き立《た》てられる。

その焦燥が苦しく、それでいて、心地良い。

「ぁあっ……はっ……んっ、あぁっ」

相反する感情に苛《さいな》まれながら、シャーロットは息も絶え絶えに喘いだ。

やがて、ユージーンが彼女と繋がったまま体勢を変え、シャーロットは寝椅子の座面に仰向けに寝かせられる格好となる。そして今度は上から腰を打ち付けられた。

「あっ、あぁあっ……」

(だめっ……また、頭が真っ白になる……っ)

甘美な官能のうねりが、シャーロットを襲う。

身体中がぶわっと粟立って、何かが脳天を突き抜けていくような感覚があった。

(もうっ、いっ……)

「あああぁ……っ」

悲鳴じみた声を漏らし、彼女は絶頂へと達する。

「くっ……」

その瞬間、無意識に彼の自身をきつく締め付けたのだろう。ユージーンが切なげに眉根を寄せ、動きを止めた。

しかしそれはほんの刹那のことで、彼は再び腰を打ち付け始める。

「あっ、あっ……」

果てたばかりなのに、感度を増した蜜壺を間断なく穿たれ、すぐにまた、シャーロットの意識が高みへと押し上げられる。

こんな、過ぎるほどの快楽。頭がどうにかなってしまいそうだ。

「あぁっ、ユ、ユージーンさまぁっ……」

「シャーロット……っ」

限界が近かったのは、ユージーンも同じだったらしい。

彼は最後、妻の名を呼んで熱い白濁を迸《ほとばし》らせた。

「んんっ……」

夫の絶頂に引きずられるように、シャーロットもまた三度目の果てを迎える。

「はあ……っ」

ユージーンはなんとも艶めいたため息を吐露し、彼女の身体をぎゅっと抱き締め、寝椅子の座面に転がった。

大きいとはいえ、二人で寝るには少々狭い。でもその窮屈さが、今のシャーロットには妙に心地良く感じられた。

それは、こんな風に彼と、ぴったりくっついていられるからなのだろうか。

「とても、気持ち良かった……」

君は？　と問われて、シャーロットは恥じらいを覚えつつも、こくんと頷く。

彼との交わりは気持ち良く、身体だけでなく、心まで満たされる思いだった。

今なら、男女の営みを『夢心地』と称した友人の気持ちがよくわかる。

「シャーロット……っ」

ユージーンは胸に迫るものがあったのか、たまらずといった様子で、シャーロットの上気した頬にキスをした。

（あ……）

先ほどまでの激しい情交とは打って変わって、優しく労《ねぎら》うような、穏やかな口付け。

それはシャーロットの心を、どこまでも甘くくすぐる。

（ユージーンさま……）

胸の奥底から込み上げてくる、この想《おも》いはなんだろう。

その問いに答えを見つける間もなく、シャーロットは彼にぎゅっと抱き締められ、いくつものキスを贈られた。

それはほとんどが、ちゅっと音を立てて触れるだけの軽いものだったけれど、口付けを交わしていくうちにまた、だんだんと高まっていくものがあって……

(あっ……)

シャーロットの中で、繋がったままだった彼の自身が再び大きく存在を主張し始めた。

「……すまない。もう一回だけ、付き合ってもらえるだろうか」

ユージーンはどことなく気恥ずかしげな顔で、シャーロットに懇願《こんがん》する。

「あ……」

あなたが望んでくれるなら、何度でも。

そんな台詞《せりふ》が口から出かけ、けれどすぐ恥ずかしさに駆られたシャーロットは、言葉にする代わり、小さな頷きを返した。

「……っ」

(えっ)

その瞬間、ユージーンの自身がいっそう大きさを増したように感じられたのだが、気のせいだろうか。

(ユージーンさま……?)

「ありがとう、シャーロット」

「んっ……」

感謝のキスを皮切りに、ユージーンはゆるゆると腰を動かし始める。

「あっ……」

そうして二人はしばし時を忘れ、夢中になって、互いを求め合ったのだった。

第四章

結婚してからの数日は、まさに蜜月期と呼ぶに相応しかった。

夜は遅くまで睦《むつ》み合《あ》い、翌日の昼近くまでぐっすりと眠る。共に遅い朝食をとったあとはそれぞれの時間――ユージーンは執務、シャーロットはお菓子作り――を過ごし、いつの間にか定番となった二人きりのお茶会で魔法のお菓子を味わい、疲れを癒《いや》す。

時にはまたその場で身体を求められることもあり、夜には夜で……と、初夜を含め、なんとも濃厚な四日間だった。

魔法のお菓子がなかったら、とても身体がもたなかっただろう。

そして結婚休暇が明け、ユージーンが仕事に復帰する日を迎えた。

この日の朝、夫より先に目を覚ましたシャーロットは、傍らですやすやと眠るユージーンの稚《いとけな》い寝顔を見つめていた。

(本当に、綺麗なお顔……。それに、いつもより幼く見えて、なんだか可愛らしいわ)

シャーロットがユージーンの寝姿を見るのは、これが初めてだ。今までは彼女の方が遅くまで寝ていたから、いつも見られる側だったのである。

今朝は早めに目覚めてよかった。おかげで、とてもいいものを見られた。

そんな気持ちで夫の寝顔を眺めていたら、ユージーンが「んん……っ」と声を上げ、身動ぎする。

（あ、お目覚めになるのかしら）

「ん……、シャー……ロット……」

（えっ）

低く掠れた声で名を呼ばれ、シャーロットはどきっとした。

しかも彼はもう一度「シャーロット」と妻の名を呼び、彼女の身体をぎゅっと抱き寄せる。

（あっ……）

気づけばシャーロットは、ユージーンの胸にすっぽりと抱えられていた。

（ユージーンさま？）

目を開ける気配もないし、すうすうと寝息が聞こえてくるから、先ほどのあれはただの寝言で、本人はまだ眠っているのだろう。

（私の名を呼ばれるなんて……）

いったい、どんな夢を見ているのか。

夢の中の自分もこんな風に、彼に抱き締められているのだろうか。

（ああ……）

想像しただけで、胸が甘くときめく。

「…………」

シャーロットは彼の胸にぴたりと頬を合わせた。肌触りの良い寝間着の布越しに、トクントクンと、ユージーンの鼓動を感じる。

こうして彼に抱かれていると、心がそわそわと浮足立ち、時に胸がきゅんと締め付けられて、落ち着かない気分にさせられる。

それでいて心は幸せに満たされ、もっとユージーンに触れられたい、触れていたいと願ってしまう。

この不思議な感情が、きっと誰かを特別に想う――愛する、という気持ちなのだろう。

家族や友人に抱くのとはまた別の愛情。恋物語を読んでも、友人達の話を聞いてもいまいちピンとこず、自分には関わりのないものだと思っていた心情が、今ならよくわかる。

（私は、ユージーンさまのことが……）

とても、慕《した》わしい。愛おしいのだ。

初めは、お菓子作りしか取柄のない自分でも役に立てるなら、必要とされるならと受け入れた結婚だった。

しかし彼に大切に扱われ、優しく、時に情熱的に求められるうち、だんだんと心惹かれていった。

こんなにも素敵な男性と結婚できて、自分はとても恵まれていると思う。

（でも、今日からお仕事に復帰されるから、これまでのようには一緒にいられない……のよね……）

数えるほどしか顔を合わせることのなかった婚約期間中を思い出し、シャーロットは一抹の寂しさを覚えた。

結婚式からこちら、密な時間を味わった分だけ、別離が堪える。

さすがに同じ屋敷で暮らしているから、共に過ごす機会はとれるのだろうが、休暇中とは比べ物にならないくらい少ないだろうし、短くなりそうだ。

やはり、寂しい。ユージーンの邪魔をしてはいけないと思うのに、離れがたく、彼を引き止めてしまいたくなる。

このままずっと一緒にいられたらと、考えずにはいられない。

自分はなんて我儘《わがまま》になってしまったのだろうと、シャーロットは呆れ、自嘲の笑みを浮かべた。

（……だめよ。ユージーンさまの妻として、足を引っ張るようなことをしてはだめだってそんなことをしたら、きっと彼に見限られてしまう。

自分は元々、魔法のお菓子を必要とされ、妻にと乞われた身だ。役に立たなければ、ユージーンの傍にはいられない。

(ユージーンさま……)

この先も妻として、彼と共に暮らしていきたい。

そのためにも、魔法のお菓子を作らなければ。

そう思い立ったシャーロットは、そっと彼の腕の中から抜け出してベッドを下りると、身支度を整え、朝食の支度で賑《にぎ》わう厨房へと足を運んだ。

今回作るのは、焦がしバターとアーモンドの風味が香ばしいフィナンシェ。

生地は昨日のうちにこしらえ、冷暗所で寝かせておいたので、今朝は焼くだけでいい。これくらいなら、料理人達の邪魔にもならないだろう。もちろん、彼女らにも了承はもらっている。

シャーロットは料理長やキッチン・メイド達の仕事を妨げないよう気をつけながら、空いているオーブンを使わせてもらった。

(そういえば……)

鉄製の扉の向こうで第一陣が焼き上がるのを見守っていたシャーロットは、ふと、昨日の出来事を思い出す。

生地を作る際、いつものように祈りを込めたら、魔法の光が一際眩《まぶ》しく輝いたのだ。

初めてこの館でレモンメレンゲパイを作った時には気のせいかと思ったが、光は日に日に強くなっているし、色も確かにピンク色がかっている。

（あれはいったい、どういうことなのかしら……？　味や魔法の効果に、問題はないようだけれど……）

この件を、誰かに相談するべきだろうか。

父に話せば、以前シャーロットの魔法を鑑定してくれたロードリックに連絡をとってくれるかもしれない。かの魔法使いはとうに引退して、今は辺境で田舎暮らしをしていると聞く。そのため時間はかかるだろうが、さりとて他に頼れる宛てはない。

（……うん。今度、お菓子を届けがてら相談してみましょう）

それからしばしの時が経《た》ち、フィナンシェが全て焼き上がったころ、シャーロットは自分付きの侍女メアリーに「朝食のお時間です。旦那さまがお待ちですよ」と呼ばれ、慌てて食堂に向かった。

レンフィールド家の朝食の時間は、子爵家より早い。ユージーンが、他の文官より一、二時間も先に王宮へ向かうからだ。

食堂に足を踏み入れると、出仕用にきっちりと身支度を済ませている夫が「おはよう」とシャーロットを迎えた。

「おはようございます、ユージーンさま。お待たせして申し訳ありません」

「いや、そんなには待っていないから大丈夫だ」

ということは、少しは待たせてしまったということなのだろう。

次からは遅れないようにしなくては、と思いながら、シャーロットは自分の席に向かった。

朝の時間にこの部屋を使うのは、今回が初めてだ。結婚して以来、きちんとテーブルについて朝食をいただく機会がなかったシャーロットは、ちょっぴり新鮮な気持ちで席に座る。

この屋敷の料理長は腕利きなので、今日の朝食もきっと美味しいだろう。厨房にもとてもいい匂いが漂っていた。楽しみだ。

ところが、シャーロットはテーブルに運ばれてきた料理を見て目を丸くする。

彼女の前には、白パン数個にハムと葉野菜のサラダ、ソーセージのソテー、茹《ゆ》で卵《たまご》、トマトのスープ、数種類のジャムとクリームに紅茶といったメニューが並べられていく。

これは、この国の貴族の朝食としては一般的な内容だし、量も女性ということでそれぞれ控えめに盛られている。

問題は、ユージーンの朝食だ。彼の前には小さなパンが二つと、一杯のコーヒーしか置かれなかったのである。

「あ……あの、ユージーンさま……？　それだけしか、召し上がらないのですか？」

「ああ。これでも多いくらいだ。朝はあまり食欲がわかないし、時間も惜しい」

休暇中は昼食を兼ねた朝食だったたし、お腹が空くような『運動』をたくさんしていたから普通に食べていたが、平素は一食や二食抜くこともざらにあるらしい。

（まあ……）

食の細い方だと聞いてはいたが、想像以上だった。

驚くシャーロットを尻目に、ユージーンはコーヒーでパンを流し込むように食べ終えると、「君はゆっくり食べるといい」と言って、早々に食堂から出て行ってしまった。

「あっ」

シャーロットは慌てて彼の後を追い、執事から先ほど作ったフィナンシェの包みを受け取って、ユージーンに差し出した。

彼は食事を続けるよう言ってくれたけれど、シャーロットは妻として、出仕する夫をちゃんと見送りたかったたし、お菓子も直接渡したかったのだ。

「ユージーンさま、これを」

「ああ、ありがとう。では、行ってくる。帰りは遅くなるだろうから、君は自由に過ごしていてくれ」

「はい。お気をつけて、いってらっしゃいませ」

シャーロットは、彼が乗り込んだ馬車の姿が見えなくなるまで玄関で見送り、「ふう……」とため息を吐く。

(そういえば、お父さまが私のお菓子を分けたのも、昼食をとらないユージーンさまを見かねて……だったのよね)

ユージーンはなんでもないように話していたが、こんな食生活を続けていては、いつか倒れてしまうのではないか。

確かに魔法のお菓子は疲れを癒すし、元気にもしてくれるけれど、それにばかり頼るのはよくないと思うのだ。

「……ねえ、バージル。ユージーンさまの食生活を改善したいと思うのだけれど、あなたも協力してくれる?」

シャーロットは、自分と共にユージーンを見送ったこの屋敷の執事、バージルに話しかけた。彼はユージーンが生まれた時から世話役を務めているという老齢の執事で、シャーロットの申し出に「喜んで、協力させていただきます」と頷いてくれる。

どうやら彼も主人の健康を心配し、常々苦言を呈していたらしい。

だがユージーンは執事の言葉に聞く耳を持たず、食事を多めに用意しても口をつけなかったのだそうだ。

「奥さまのお言葉なら、聞いてくださるかもしれません」

「そう……かしら？　でも、とにかくやるだけやってみるわ」

あまり食事に時間をかけたくないなら、短時間でささっと食べられるようなメニューにしてみるのもいいかもしれない。パンをミニサイズのサンドイッチにして具に野菜や肉、卵を挟み、一度にとれる食材を増やしてみるのはどうだろう？

（フルーツや野菜を潰して絞り、ジュースにするのもいいわね）

また、お城で昼食をとることもまれなようなので、明日からは実家の父や兄のように、お弁当を持っていってもらおう。これも、執務の合間などに手軽に食べられるようなメニューがいいだろう。

（朝食を終えたら、さっそく料理長に相談してみましょう）

ユージーンの妻として、彼の役に立ちたい。

そう意気込むシャーロットは、あれこれと考えを巡らせつつ、老執事と共に食堂へと引き返していった。

◇　◇　◇

（これはまた、大量だな……）

結婚休暇を終えて久々に出仕したユージーンを待っていたのは、デスクの上にうず高く積み上がった書類の山だった。

五日も休んでいたのだから、無理もない。あらかじめ予想はしていた。

それに、短いながらもシャーロットと充実した蜜月期を過ごし、毎日魔法のお菓子を食べていたおかげか、気力体力共に漲っている。

むしろ腕が鳴るとばかり、ユージーンは活き活きと仕事にとりかかった。

やがて始業時刻が近くなり、先輩補佐官達がぽつぽつと執務室に出勤してくる。彼らは結婚休暇明けで復帰したユージーンに気づくと、ニヤニヤ笑いながらからかってきた。

「おお、新婚さん。休暇は堪能したか？」

「可愛い花嫁だったよなぁ。夜もさぞ盛り上がっただろう？」

「………」

下世話な質問に答える必要はないとばかり、ユージーンは祝福とやっかみの混じったからかいを無視して、目の前の書類に集中する。

そんな後輩の態度に、先輩補佐官達も慣れたもの。「相変わらずだなぁ」と苦笑して、それぞれの席に戻っていった。

その後もユージーンは、折に触れてからかってくる先輩達の声を聞き流して仕事に没頭した。

今日はやけに調子がいい。こんなに集中できたのは久しぶりだと達成感を覚えながら署名し終えた書類をまとめると、ふいに空腹を感じた。

壁に掛けられている時計を見れば、とうに昼時を過ぎている。

（そういえば、シャーロットがお菓子を持たせてくれたな……）

ユージーンはちらりと、鞄《かばん》の傍に置きっぱなしにしていた包みを見た。

（ちょうどいい。これを昼食にして、少し休憩するか）

この場でささっと口にしてもいいが、妻の手作りお菓子を食べるところを見られたら、先輩達にまた何を言われるかわからない。

実際、婚約期間中にシャーロットが差し入れてくれたお菓子を口にしていた時も、さんざんからかわれたのだ。それに、中には「自分にもよこせ」とお菓子を狙ってくる者もいた。

いい加減相手をするのが面倒だし、たまには気分転換を兼ねて、外で休憩するのも悪くないだろう。

そう思ったユージーンは「少し休憩してきます」と断って、お菓子の包みを手に、執務室を後にした。

とりあえず、人気のない場所を目指そう。初めてシャーロットのお菓子を食べた、あの中庭なんていいかもしれない。

(もしアッシュベリー卿がいたら、シャーロットは元気にしていると伝えなければ)

彼女も近々実家に顔を出すと言っていたが、あちらは——特に父親のモーリスは心配しているだろうから。

(可愛い娘が嫁にいってしまって、すっかりしょげかえっているのだろうな)

結婚式で涙ぐみ、なかなか娘の手を放そうとしなかったモーリスの姿を思い出して、ユージーンは苦笑する。

「——だから、……って」

「うわぁ、辛いなぁ……」

(ん……?)

中庭を目指して廊下を進んでいたら、途中、簡素な談話スペースになっている場所に、数人の若い文官が集まっていた。

(あれは……)

確か、義父と義兄が所属する税務部の若手達だ。

向こうはユージーンには気づいていないようで、おしゃべりに夢中になっている。

「本当、まさか我らのシャーロット嬢が『仕事中毒のユージーン』と結婚するなんて、夢にも思わなかったよなぁ」

「ああ。婚約の話を聞いた時はうそだろって思ったけど、結局結婚しちまったな」

（……我らの……？）

いったいどういうことだと、ユージーンは眉を潜める。

「俺の従妹《いとこ》がシャーロット嬢の友達でさ、結婚式にも出席してたんだけど、そりゃあもう綺麗だったらしいぜ」

「くっそー！　羨《うらや》ましい！　なんであんな男と〜！」

「そりゃあ、顔良し、家柄良し、末は宰相と目されている若手一の出世株だぜ？　俺が女でもレンフィールド補佐官を選ぶわ」

「それはそうだろうけど……。でも、俺さ、シャーロット嬢のこと本気で狙ってたんだよね」

「えっ、お前も？　実は俺も。まあ、アッシュベリー卿にきっぱり断られたけどな」

そういえば以前、シャーロットのお菓子は税務部でも大好評で、中には結婚したいと言い出す者までいると、モーリスが話していた。

（それがこいつらか……）

「優しくて可愛いし、お菓子は美味いし、妻にするならやっぱりああいう子がいいよなぁ」

「わかる」

「前にさ、シャーロット嬢がアッシュベリー卿の忘れ物を届けにきたことがあったろう？

その時、いつも差し入れてくれるお菓子の礼を言ったんだけど、そうしたら彼女、にこっと笑って、『みなさまのお役に立てて嬉しいです』って。その笑顔がすっごく可愛くてさ、俺、未だに忘れられられないよ」

（………）

どうやら話を聞く限り、お菓子だけでなく、シャーロット自身も大人気だったようだ。

「はあ〜。シャーロット嬢は俺達税務部だけの妖精さんだったのになぁ……」

「アッシュベリー卿がうっかり親切心を出すから……」

「言うなよ。本人が一番堪えてるんだから」

「……なあ、今後はシャーロット嬢の魔法のお菓子、二度と食べられないのかな」

「もう人妻だもんな〜」

「いや、これからも差し入れてもらえるって聞いたぜ？　さすがに機会は少なくなるだろうけどな。アッシュベリー卿がそう頼んであるらしい」

「おおっ！　さすがアッシュベリー卿！」

「楽しみだなぁ！」

「レンフィールド補佐官にばかり、我らのシャーロット嬢を独占させてたまるかよ」

その通り！　と声を上げる彼らから離れるように、ユージーンは元来た道を引き返した。

妙に胸がムカムカして、腹立たしい気持ちが湧いてくる。

（まったく。人の妻のことを、好き勝手に話して……）

いっそあの場に乱入して、嫌味《いやみ》の一つや二つ、ぶつけてやればよかっただろうか。

（大体、何が『我らのシャーロット嬢』だ）

彼女はやつらのものじゃない。確かに、知り合ったのは彼らの方が先なのだろうが、シャーロットと結ばれたのは自分だ。彼女はもう、自分の妻なのだ。

（……シャーロットは……）

ユージーンははたと立ち止まり、先ほどの文官達の会話を思い返す。

シャーロットは彼らにも、自分に見せてくれたような可愛らしい笑顔を振りまいていたのか。

「……っ」

その場面を想像しただけで、何故だか胸が苦しくなった。

もちろん、彼女に他意がなかったことくらいわかっている。礼を言われれば、自然と笑みを返すくらいはするだろう。ましてシャーロットは、自分の魅力に無頓着なところがある。

（彼女は自分の容姿や態度がどれだけ周りを惹きつけるか、知らなすぎるんだ）

だから、若い文官達が熱を上げるのも無理はない、と思う。

思う……が、やはり面白くない。苛立《いらだ》たしい。

シャーロットは結婚後も折を見て、実家にお菓子を届けたいと言っていた。ユージーンは快く了承していたが、その一部があの文官達にも渡るのかと考えただけで……

（嫌だ……）

未だ彼女への未練を燻らせているらしい彼らに、シャーロットの手作りお菓子を食べさせたくない。家族や、家族同然の使用人達ならともかく、他の男に渡したくない。

それから、自分以外の人間に微笑んでほしくない。

だって彼女は、自分だけの……

（……っ。俺は、何を考えているんだ……）

心に強く浮かんだ感情に、ユージーンは戸惑った。

他の男にお菓子を食べさせたくないとか、笑ってほしくないとか、まるで幼い子どものの我儘のようではないか。

ユージーンは、「ははっ」と乾いた笑いを浮かべる。

自分がこんなにも独占欲が強く、心の狭い人間だとは知らなかった。

以前の自分なら、むしろ積極的にシャーロットのお菓子を文官連中にばらまき、全体的な仕事の効率化を図っていただろう。

それが今では、同僚達に一つのお菓子も奪われたくないと、わざわざ執務室を出てくる始末だ。おまけに、シャーロットを知る若い文官達の話にさえ腹を立てて……

（……初めはただ、都合がいいと思っていたんだ）

魔法のお菓子を定期的に入手したかったし、両親からも「いつ結婚する気だ」「侯爵家の跡取りを早く」「孫の顔を」とうるさく催促《さいそく》されていたから、シャーロットと結婚すれば一石二鳥だと考えた。

強引に訪問の約束を取りつけ、実際に会ってみた彼女は人当たりがよく、自分の容姿や肩書にのぼせ上がらないところも好感が持てた。

シャーロットとなら良好な夫婦関係を築けると確信したし、結婚して跡継ぎを設けさえすれば、また仕事に専念できるとも思った。

だがシャーロットはユージーンの想定以上に可愛らしく、魅力的で、共に夫婦生活を過ごすうち、どんどん心惹かれていった。

シャーロットはとても可愛い。彼女が笑うと、甘く幸せな気持ちで胸がいっぱいになる。だからもっと笑ってほしいと思うし、シャーロットを笑わせる相手が自分であればもっと嬉しい。

それだけでなく、彼女の泣き顔も、閨での艶めいた表情も、あどけない寝顔も。何もかもが自分の心を摑み、魅了してやまなかった。

だから休暇中、あんなにも夢中になってシャーロットを求めてしまったのかもしれない。

そして今では子どもじみた独占欲を発揮するほど、彼女のことが愛おしくてならない。

ユージーンはシャーロットと結ばれて初めて、誰かを愛するという心を知った気がした。

(別に、愛情などなくてもかまわないと、考えていたんだがな……)

予期せぬ成り行きではあるが、不満はなかった。どころか、やはりシャーロットと結婚できてよかったと、心から思っている。

(……なんだか無性に、シャーロットの顔が見たくなってきた)

今日は休暇明けで仕事が溜《た》まっていることもあり、残業していくつもりだったが、早めに切り上げて帰宅しようか。

彼女はきっと予定より早く帰宅した夫に驚き、けれども笑顔で「おかえりなさいませ」と、温かく迎えてくれるはずだ。

その姿を想像しただけで、腹立たしさに荒れていた気持ちが和らぐ。

(……よし)

ユージーンは戻ってすぐ仕事を再開できるよう、執務室までの道中でお菓子を食べることにした。歩きながらお菓子を口にするのは行儀が悪いが、周りには誰もいないし、人が来たとしても、少しくらいなら見咎《みとが》められないだろう。

ユージーンはいったん廊下の端に寄り、包装を解く。すると中には、金塊の形に似た焼き菓子――フィナンシェがたくさん詰まった紙製のボックスがあった。

この量からして、おそらく同僚達にもおすそ分けできるようにと、多めに入れてくれたのだろう。

だが独占欲が強く心の狭いユージーンは、このフィナンシェを誰かに分けてやるつもりはなかった。

（狭量《きょうりょう》な夫ですまない、シャーロット）

ユージーンは苦笑して、心の中で妻に謝る。

それから焼き菓子を一つ摘まみ、ぱくっと齧りついた。

「んっ……」

とたん、バターとアーモンドの重厚な風味が口いっぱいに広がる。外側はサクッと、中はしっとりとした食感も絶妙だ。

相変わらず、シャーロットの作るお菓子はとても美味しい。

さらに味が良いだけでなく、身体にも……

「……？」

一つ目のフィナンシェを食べ終えた時、ユージーンははたと異変に気づいた。

お腹がぽかぽかと温まって疲れが癒え、活力が湧いてくる。

それが魔法のお菓子の効果ではあるのだが、今回はやけに、効き目が強いように感じられたのだ。

（おかしい……）

温かいを通り越して、じんわり汗をかくほど身体が火照ってくる。

ドッドッと胸が騒ぎ、脈拍を大きく感じた。

（どういう、ことだ……）

ユージーンはたまらず、近くの壁に寄りかかった。

「くっ……」

突然、身体の奥底から衝動が込み上げてくる。

今すぐシャーロットを抱き締め、あの柔らかい身体を思う存分貪りたい。

彼女の秘奥に自身を打ち込んで、子を孕《はら》ませたい。

（……っ！　俺は、何を……）

何故だか、シャーロットのあられもない姿が頭から離れず、下半身に熱が集まっていく。

欲情、しているのだ。

でも、どうしてこんな急に？　まるで強力な媚薬《びやく》でも口にしてしまったかのようだ。

（まさか……）

これも、魔法のお菓子の力なのか。

そういえば休暇中も、シャーロットのお菓子を食べたら無性に彼女に触れたくなって、
そのまま行為に及んだことがあった。

当時は、それだけシャーロットの身体に夢中だったのだろうと、あまり気にしていなか

ったが……

（魔法の効果が変わった……？）

婚約期間中に差し入れてもらったお菓子には、欲情を促すような力はなかった。

そして結婚後に食べたお菓子も、後になって考えればもしやと思うものの、今回ほど強い効き目ではなかったように思う。

（どうして、今になってこんなことに……）

そもそも、いったい何が原因でこうなったのか。

「く……っ」

しかし、今はそれを考えるどころではない。

王宮で醜態《しゅうたい》を晒す前に、なんとか対処しなければ。

（冷水でもかぶって、熱を鎮めるか……。いや、きっとそれだけでは治まらない……）

ここ数日でたっぷりと経験した快楽の記憶がまざまざと蘇り、もう一度あの悦びを味わおうと、自分を誘惑してくるのだ。

「はぁっ……ぁっ……」

少なくとも、身体はすっかりその気になってしまっている。

こんな状態で、仕事に集中できるはずもない。

（～っ、仕方が……ない……）

ユージーンは悩みに悩んだ末、急ぎの案件は持ち帰り、体調不良と称して早退することにした。厠《かわや》にでも籠って自分を慰める手もあったのだろうが、なんとなく、シャーロットを抱くまでこの熱は治まらない気がしたのだ。

突然帰宅を申し出たユージーンに周りは驚いていたが、執務室に戻った彼は顔が赤く、息も荒くなっていたので、重い風邪を引いたのではないかと心配され、快く早退の許可が下りる。

また幸いなことに、この日ユージーンが着ていた上着は裾が長めだったため、下半身の異変は誰にも気づかれなかった。

自分の体調を案じる先輩達に少しの後ろめたさを覚えるも、背に腹は変えられないと、急いで帰り支度を済ませる。

そうしてユージーンは、未だ身体の中で暴れ回る衝動を必死に堪えつつ、帰りの馬車に飛び乗ったのだった。

◇　◇　◇

昼食を終えたシャーロットは、居間で手書きのレシピ集を眺めながら、午後からどんなお菓子を作ろうか思案していた。

料理長が苺をたくさん仕入れたと言っていたから、苺をたっぷり使ったショートケーキはどうだろう？　ジャムを作って、クッキーやマフィンに応用するのもいいかもしれない。

（あとは……苺タルトに苺のクレープ。それから、ミルフィーユも捨てがたいわ）

「奥さま」

あれこれ考えを巡らせていると、執事のバージルが現れた。

彼は珍しく焦った様子で、シャーロットに「旦那さまがお帰りになられました」と告げる。

「えっ？　ユージーンさまが？」

遅くなるだろうと言っていたのに、もう帰宅したのか。

（何かあったのかしら……？）

シャーロットは驚きつつ、夫を出迎えるため慌てて玄関に向かう。

「……っ、シャーロット……」

予定よりずいぶん早く帰ってきた彼は、明らかに様子がおかしかった。

頬は赤く染まっているし、目は涙に潤んでいる。息も荒く、とても苦しそうだ。

「ユージーンさま、お加減が……」

彼は体調を崩したがために、早退してきたのかもしれない。

そう思ったシャーロットは心配して夫に駆け寄ったが、ユージーンは妻の手首をはしっと掴むと、そのまま足早に歩き始める。

（えっ）

彼の掌はとても熱く、汗ばんでいた。明らかに熱がある。

「ユージーンさま……っ⁉　あのっ、今すぐお医者さまを……っ」

「いい、必要ない……。バージル、しばらく寝室に誰も近づけるな」

彼はそう言って人払いを済ませると、少々強引に、シャーロットを寝室へと連れ込んだ。

「ユージーンさま⁉」

いったい、何が……と問いかける間もなく、彼女はベッドの上に押し倒される。

「きゃっ」

「すまない、シャーロット。事情はあとで必ず説明する」

「ユージーンさま……？」

「だから、今は何も聞かず、俺に抱かれてくれ」

彼は切羽詰まった表情で告げ、妻に口付けた。

「んんっ……」

嚙みつくような荒々しいキスに、シャーロットは目を白黒させる。

そうして性急に唇を奪いながら、ユージーンはドレスをちゃんと脱がせるのももどかしいといった手つきで、無理やりシャーロットの胸元をはだけさせた。

（あっ……！）

いくつかのボタンが飛び散り、布地がビリッと破れる音がする。

おまけに彼はその下のシュミーズまで、無残に引き裂いてしまった。

（いやっ……）

普段とは違う乱暴さに恐怖を感じ、シャーロットは身を固くした。

しかしユージーンは一向に構わず、露わになった白いふくらみに顔を埋めてくる。

「んんっ……」

彼はまるで飢えを満たそうとするかの如《ごと》く、シャーロットの胸を飾る小さな桃色の実にむしゃぶりついた。

「あっ……んっ」

「はぁっ……、シャーロット……っ」

彼の熱く湿った吐息が肌を撫でる。

（ユージーンさま……）

こんなにも余裕のない交わりは、初めてだ。

いつもは、もっとじっくり手間をかけてシャーロットの官能を引き出していってくれるのに、今のユージーンはとても差し迫った様子で、彼女の身体を求めている。

どうしてそこまで気が逸《はや》っているのだろう。王宮で、何かあったのだろうか。

(わからない……)

けれど、彼がとても苦しそう、辛そうな顔で自分に覆いかぶさっていることだけは確かだ。

理由は見当もつかないが、とにかく今すぐシャーロットを抱かなければ治まらない状況なのだろう。

それにユージーンは、「事情はあとで必ず説明する」と言ってくれた。

ならば今は黙って彼に身を任せるべきなのではないか。

そう考えたシャーロットはユージーンの背に腕を回し、彼をぎゅっと抱き締めた。

「…………」

「シャーロット……っ」

「んっ、んぅっ……」

強引なキスで、再び唇を奪われる。

彼はシャーロットの咥内を貪りながら、スカートの裾をまくり、ドロワーズに手をかけた。

(あぁっ……)

下着を取り払われた彼女の秘裂に、ユージーンの手が割り入ってくる。

「あっ、んっ、あぁっ」

彼はしばらくその指先でシャーロットの淫らな花びらを撫《な》で擦《さす》っていたが、いったん手を戻し、まだ溢れ足りない蜜を補うかの如く、自分の指を舐めてたっぷりと唾液を絡ませた。

そうして濡れた指先が、再び彼女の蜜壺に沈められる。

「んんっ……」

ぬちゅ……っと、淫らな水音が鳴った。

いつになく熱い彼の指が、シャーロットの花びらに自身の唾液を擦り込んでいく。

「あっ、あっ……」

ユージーンの逸る気持ちそのままに、彼の手淫は少しばかり乱暴で、性急だった。

でも、気持ち良い。

「あぁっ……」

夫の愛撫が呼び水となって、シャーロットの蜜が溢《あふ》れ出《だ》す。

するとユージーンは、もう辛抱たまらないとばかりに指を引き抜き、いったん身を離してトラウザーズの前を寛げた。

「あっ……」

シャーロットの眼前に、硬く屹立した彼の自身が現れる。

ユージーンの麗しい容貌に不似合いなほど凶悪なそれは、先走りと呼ばれる雫に濡れて、赤黒く聳《そび》え立《た》っていた。

彼は雄々しい肉棒を、蜜を零すようになっていたとはいえ、まだ十分に解れているとはいいがたいシャーロットの秘裂に宛てがう。

そして彼女の細腰を摑むと、一息に刺し貫いた。

「んんん……っ！」

微かな痛みと圧迫感に苦しめられたものの、ここ数日の間さんざんに犯された秘穴はすぐに蜜を増し、夫の肉棒を受け入れる。

「……っ、はあ……っ」

シャーロットの最奥まで自分を沈め、ユージーンは艶めかしく息を吐いた。

その表情はようやく望む瞬間を得た悦びに溢れ、壮絶な色気を放っている。

「ああ……っ」

だが、まだ終わったわけではない。

彼はシャーロットの腰を摑み直し、叩きつけるようにして、抽送を開始した。

「ひっ、あっ、ああっ」

（は、激し……いっ……）

蜜壺の中で熱い塊が脈動し、暴れ回っている。

「ああっ、あっ、あっ」

容赦なく穿たれて、シャーロットはたまらず悲鳴じみた嬌声を上げた。

「くっ……、シャーロット……っ」

だが、ユージーンの方はただ交わるだけでは衝動が治まらないようで、再びシャーロットの胸元に顔を埋め、彼女の柔らかな肌にかぷりと歯を立てる。

「んあっ」

これまで舐められ、吸われ、痕をつけられることはあっても、噛まれたことはなかった。

しかし、一応は加減してくれているようだ。歯形はついているだろうが、血が滲むほど強く噛まれてはいない。

「ああっ……んっ」

むしろ微かな痛みは快感と紙一重で、シャーロットの官能をより高みへと押し上げる。

「シャーロット……っ、シャーロット……っ」

熱に浮かされたように、ユージーンが妻の名を呼ぶ。

彼は自分が歯を立てたシャーロットの首筋を舐め、ついで、もう一度彼女の胸の頂を口に含んだ。

「んっ、んんっ」

硬くしこった実が、温かな唇にねっとりと食《は》まれる。

ユージーンの舌はとてもいやらしく、敏感な突起を捏《こ》ね回《まわ》した。

「あっ、ああっ、もう……っ」

果ての気配が、すぐ近くまで迫っている。

シャーロットは我知らず、ユージーンの自身を包む淫花をきゅんっと収縮させた。

「……っ」

彼も、限界が近かったのだろう。

一際激しく腰を打ち付けたかと思うと——

「あああっ」

「くっ……」

シャーロットが絶頂を迎えるのとほぼ同時、彼女の秘奥に白濁を迸らせて果てた。

(お……わった……?)

「……っ、はあっ……はあっ……」

シャーロットは荒い息を吐きながら、絶頂の余韻に身を震わせる。

どっと疲労感が襲ってきて、身体が重い。また、身体中が甘く痺《しび》れているような感覚があった。

ぐちゃぐちゃに乱れた寝具の上、くったりと仰向けになってぜぇぜぇと息を吐く。

そのうち官能の熱も引いて、お互いに冷静になれるだろう。そうしてユージーンの口から、いったい何がどうなってこんな事態になったのか、話を聞くのだ。

そう思っていたシャーロットだったが、ふいに、あることに気づく。

（あ……っ）

未だ自分と繋がっている彼の自身が、吐精した直後であるにも関わらず、硬さと大きさを保ったままなのだ。

「……っ、シャーロット……」

しかも、切なげに自分の名を呼ぶ彼の瞳には、まだまだ情欲の炎が熱く燃え盛っている。

ユージーンの衝動は鎮まっていない。

一度きりではとうてい足りないのだ。もっと、もっとと求めるように、彼は再びシャーロットの唇を奪った。

「んんっ」

「……すまない。まだ……、治まりそうもない……っ」

そう言って、彼はいったん肉棒を引き抜くと、シャーロットの身体を反転させた。

（やっ……）

うつぶせにされ、腰を摑まれ引き上げられて、四《よ》つん這《ば》いにさせられる。

スカートの裾を捲し上げられ、白い双丘が剝《む》き出《だ》しになった。

（……っ）

お尻をユージーンに突き出すような格好が、恥ずかしくてたまらない。

シャーロットは羞恥心のあまり、かああっと熱くなった顔を枕に埋めた。

そんな妻の気持ちを労《いたわ》ってやるだけの余裕が、今の彼には本当にないのだろう。

すぐにまた、秘穴にユージーンの肉棒が挿し入れられる。

「んあっ……」

「はあっ、あっ……」

シャーロットはそのまま、ゆさゆさと身体を揺さぶられた。

「あっ、ああっ」

さっきまでたっぷりと擦られた秘所はしとどに蜜を溢れさせ、彼の動きを助けている。

痛みはもうない。勇ましく滾《たぎ》る彼の自身が、シャーロットの気持ち良いところを押し当ててくるのだ。

「ああっ……んっ、あっ、あっ、ああっ」

腰が蕩《とろ》けてしまいそうなほど、気持ちが良い。

「あっ、ああっ……」

しかも激しく揺さぶられる度、露わになった胸が——敏感な頂が擦れ、性感を刺激するのだからもうたまらない。

「あっ……んっ、あっ、あっ……」

こうなると、先ほどまで強く感じていた羞恥もどこへやら。

心はあっという間に官能の渦に引きずり込まれて、何も考えられなくなる。

「ユージーンさま……っ、ユージーンさまぁっ……」

すすり泣きながら夫の名を呼ぶ彼女の声は、まるで「もっと、もっとして」と訴えているかのように甘かった。

「シャーロット……っ」

「んっ、んうっ……」

ああ、また、果ての気配が近づいてくる。

「も……だ……だめっ、いっ……」

「く……っ」

ユージーンの切なくくぐもった吐息が、シャーロットの背中に降ってきた。

そして次の瞬間、ずくん……っ！　と、一際深く貫かれる。

「ああっ……」

シャーロットはか細い悲鳴を上げ、びくびくっと全身を震わせた。

「……っ」

ユージーンは数度腰を打ち付けると、彼女に少し遅れ、絶頂を迎える。

「は……っ」

熱く脈打つ蜜壺に、再び彼の白濁が注ぎ込まれた。

「あ、ああ……っ」

果てたばかりでより敏感になっていたシャーロットは、それだけで軽く絶頂してしまう。

そしてそのままくったりとシーツに身を沈め、意識を手放したのだった。


「……ん……っ」

次に目覚めた時、シャーロットは胸元を引き裂かれた無残なドレス姿ではなく、新しい下着とナイトドレスを纏ってベッドに寝かされていた。

（あ……）

お互いの汗や体液で濡れていたはずの肌もさらりとしているから、おそらくいつものようにユージーンが清めてくれたのだろう。

ふと隣を見れば、出仕用の改まった服からラフな平服に着替えたユージーンが、自分に寄り添うように横たわっている。

その双眸《そうぼう》は固く閉じられていたが、寝入っていたわけではないらしい。彼はシャーロットが目を覚ましたのを察してか、ゆっくりと瞼を開けた。

そして開口一番、「すまなかった」と彼女に詫びる。

「無体な真似をしてしまった。どこか、辛いところはないか？」

ユージーンは身を起こすと、シャーロットの身に不調がないか確かめるみたいに、彼女の全身を見る。

シャーロットは慌てて「大丈夫です」と答えた。

本当は全身がだるく、腰に鈍い痛みが残っているが、これくらいなら自分が作ったお菓子を食べればすぐ回復する。

それよりも……と、彼女はユージーンの手を借りて上半身を起こし、彼に問いかけた。

「その、いったいどうしてこんなことに……？」

見る限り、ユージーンはすっかり平素の冷静さを取り戻しているようだった。もう事情とやらを聞いてもいい頃合いだろう。

「ああ、実は……」

ユージーンは、王宮でフィナンシェを食べてからのことを端的に語った。

「――というわけで、何故かはわからないが、魔法のお菓子に媚薬と同じ効果が表れているようなんだ」

そして彼は急激に欲情してしまい、体調不良ということにして早退してきたのだという。

これほど強い効果を発揮したのは今回が初めてだが、おそらく結婚休暇中に食べていたお菓子にも同様の力があったのだろうと、ユージーンは言った。

「そんな……」

しかし、にわかには信じがたい話である。何せ同じお菓子を、シャーロットも館の使用人達も口にしていたのだ。だが、ユージーンと同じ症状に見舞われた者は一人もいない。

シャーロットがそう話すと、彼は「うん。今のところ、俺にだけ効果があるようだな」と頷いた。なんとユージーンはシャーロットを抱いたあと、使用人達全員に確認して回っていたらしい。

「とりあえず、もう一度検証してみよう」

「検証……?」

何をするのかと思いきや、彼はいつの間にかサイドテーブルに置いていたお菓子の包みからフィナンシェを一つ摘まむと、端っこをほんの少しだけ齧った。

いつもの一口分にも満たない、ごくわずかな量。だがそれだけでも、効果を証明するには十分だった。

「く……っ」

ユージーンは苦しげに胸元を押さえる。その頬は見る見る赤く染まり、瞳は熱で潤み始めた。吐く息は荒く、肌はうっすら汗ばんできて、おまけに……

（えっ……）

つい先刻までさんざんに精を吐露し、大人しくなっていたはずの彼の剛直が再び元気を取り戻し、布をわずかに押し上げているではないか。

「ユ、ユージーンさま、あの……っ」

「ああ、見苦しいものを見せてしまってすまない」

「い、いえ、そうではなく、あの、お身体はお辛《つら》くありませんか……？」

急な欲情に見舞われるユージーンの姿は、高熱に苛まれる様子によく似ていて、とても苦しそうだった。

自分の作ったお菓子が原因で、彼にこんな症状をもたらすだなんて。

意図したわけではないとはいえ、シャーロットは申し訳ない気持ちでいっぱいだった。

「大丈夫だ。これくらいならまだ、しばらく大人しくしていれば治まる。それよりシャーロット。何か心当たり……というか、お菓子を作っている最中に変わったことはなかったか？」

「変わったこと……、あっ……」

シャーロットには、一つ思い当たることがあった。

「あの、実は……」

彼女はおずおずと、この館でお菓子を作るようになってから祈りを込める際の魔法の光が強くなったこと。しかも光がうっすらピンク色を帯びるようになってきたことを話す。

「光が……」

「はい。念のため味見をしていたのですが、味や効果に問題はなかったので、そのままお出ししていました。申し訳ありません……」

本当は、問題はあったのだ。ただ、それがユージーン以外の人間には表れない効果だったというだけで。

「そうだったのか……」

「ご、ごめんなさい……」

罪悪感のあまり、シャーロットは今にも泣きそうな顔で彼に謝った。

「もっと早くにご報告すべきでした。本当に、申し訳ありません……」

自分は、魔法のお菓子の力を求められ、ユージーンの妻にと乞われたのに。

彼の役に立つどころか、かえって害するようなことをしてしまっていたなんて……。

「ごめんなさい……」

「いや、こうなるまで気づかなかった俺も悪い。あまり自分を責めるな」

項垂《うなだ》れるシャーロットに、ユージーンは優しい言葉をかけてくれた。

「ユージーンさま……」

彼は慰めるみたいにシャーロットの頭をぽんぽんと撫で、再び口を開く。

「たぶん、その光の変化とやらは媚薬の効果が出るようになったことに関係していると思う。しかし、まだわからないことだらけだな」

「ええ……」

何故、媚薬めいた効果がつくようになったのか。

どうしてユージーンにしか効かないのか。

そもそも何が原因でこんな変化が起こったのか。

「……あっ」

そういえばと、シャーロットの脳裏にひらめくものがあった。

「あの、実は近々、魔法の光のことで父に相談してみようと考えていたのです。昔、私の魔法を鑑定してくださった魔法使いのロードリックさまに問い合わせてもらえないか、お願いしてみようと思って。今回の件も、あの方なら何かご存知《ぞんじ》かもしれません」

「なるほど。確かに魔法のことなら、本職に聞くのが一番だ」

ユージーンの賛成もあり、ひとまずシャーロットの父を介してロードリックに手紙を送るということで、話がまとまった。

（なんとか、対処法がわかるといいのだけれど……）

不安に瞳を翳《かげ》らせるシャーロットに、ユージーンが「ふう……」とため息を吐いて言う。

「残念だが、しばらくの間はシャーロットのお菓子を控えなければならないな」

「あ……」

それもそうだ。食べる度に欲情していたのでは、仕事どころか日常生活もままならない。

しかし、仕方のないことだとわかってはいても、事態が解決するまで彼にお菓子を食べてもらえないのだと思うと、心が沈む。

それくらいシャーロットは、魔法のお菓子を通じてユージーンの役に立てることに、大きな喜びを感じていたのだ。

そもそも魔法のお菓子は、ユージーンがシャーロットと結婚した最大の理由である。彼の力になれない自分が、このままユージーンの傍にいていいのだろうか。

「…………」

「あー、控えるとは言ったが、俺もシャーロットのお菓子をまったく口にできなくなるのは嫌だ。だから、仕事中に食べることはできないけれど、夜とか、君を抱くのに支障がない時には、ぜひ口にしたいと思っている」

「ユージーンさま……」

もしかしたら彼は、落ち込むシャーロットの心境を察して、そう言い出してくれたのかもしれない。

「媚薬効果はあるが、その一方で疲労を癒し、活力を漲らせてくれるのは変わらないしな。どういう条件で効果が発動するのか、検証も重ねたい」

何より……と。艶めいた笑みを浮かべて、ユージーンは囁く。

「俺が欲情しても、君が必ず鎮めてくれるだろう？」

「……っ」

色気に満ちた彼の表情と言葉に、シャーロットはかあああっと頬を赤らめた。

もちろん彼女だって、ユージーンがそんな状態になれば今回のように抱かれることもやぶさかではないが、改めて言葉にされるととても恥ずかしいのである。

おまけに胸がざわざわと騒いで、ひどく落ち着かなかった。

何度身体を重ねても消えない羞恥心と、愛する男性に求められて嬉しいと喜ぶ気持ちとが、心の中でせめぎ合っている。

（で、でも……）

自分はまだ、彼に必要とされている。

これからもユージーンの妻として、彼の傍にいてもいいのだ。

シャーロットは熱く火照る頬を両手で押さえつつ、そう、微かな安堵を覚えたのだった。

第五章

魔法のお菓子に媚薬効果がついていると初めて知った日から、早くも二週間が経過した。

暦は四月を数え、ここ最近はすっかり春めいた晴天が続いている。

気候が穏やかで過ごしやすく、かつ色とりどりの花が咲き乱れる暖かな春が、シャーロットは四季の中でも一番好きだった。この時期にはたくさんのお菓子をこしらえ、家族や友人達と庭でお茶会をしたり、ピクニックに行ったものである。

しかし今、大好きな春の、雲一つない青空とは裏腹に、厨房に立つシャーロットの顔色は冴《さ》えなかった。

実家に届ける予定のお菓子を作りながら、彼女は「はあ……」とため息を吐く。

（……今日も、手紙が届かなかったわ）

シャーロットはユージーンと話し合ってすぐ、魔法使いのロードリックに事情を記した手紙を認《したた》め、父を通して辺境に送ってもらった。といっても、魔法のお菓子を食べて夫だけが欲情云々というくだりは、女性であるシャーロットが詳細を記すのは恥ずかしいだろうからと、ユージーンが代わりに書いてくれたのだが。

かつて王宮に仕えていたかの魔法使いなら、原因や対処法を知っているのではないか。

それがわかれば、また以前と同じく、ユージーンに魔法のお菓子を食べてもらえるようになるかもしれない。

当初はそんな希望の方が大きかったのだけれど、遠く離れた地に住むロードリックからの返事を待つうち、「もしあの方にもわからなかったらどうしよう」「そもそも手紙はちゃんと届いているのかしら」「だいぶお歳を召されているから、手紙を書くどころではないのやも……」と、不安の方が大きく膨らんでいった。

（もし、このままお返事が来なかったら……）

シャーロットは生地をかき混ぜる手を止め、心を悩ませる。

数度の検証を経て、やはりシャーロットの作るお菓子はユージーンに限って媚薬の効果が出てしまうことが確認された。その力は強く、口にすると精力まで増して一度や二度では終われないため、今では休日の前夜以外は食べないようにしている。

検証中はなんとか媚薬効果のない、元の状態のお菓子を作れないかと試行錯誤《さくご》し、祈りを込める際にもそう願ってみたのだが、結局成果は見られなかった。

「………」

これまでシャーロットは、自分の魔法を誇りに思っていた。食べた人を元気づけ、喜ばせることができるとても素晴らしい力だと、信じて疑っていなかった。

けれど、今は少しだけこの魔法が怖い。

結婚休暇中、ユージーンがあんなにも自分を求めてくれていたのは、知らず知らずのうちについていた、媚薬めいた効果のせいだった。

無自覚だったとはいえ、まるで自分が彼の心を操っていたようなものではないかと、罪悪感で胸が痛む。

（……そう。ユージーンさまは、私のことを愛おしく思って、あれほど熱心に求めてくださっていたわけではないのよね……）

全ては、お菓子の魔法に突き動かされての行為だったのだ。

それを知らず、心のどこかで「私は彼に愛されている」と自惚《うぬぼ》れていた自分が、シャーロットは恥ずかしくてならなかった。

また、意図せずついた力が再び思わぬところで発揮され、被害が拡大するのではないかという恐れもある。

そのため、いっそお菓子を作るのをやめてしまおうかとも思ったが、「子爵家のご家族はもちろん、うちの使用人達もシャーロットのお菓子を心待ちにしている。だから、できれば今後もお菓子を作ってほしい」とユージーンに乞われ、続けることにしたのだ。もちろん、これまで通り自分で味見をし、安全であることを確認してから配るつもりではいるが。

（でも、どんなにたくさんのお菓子を作っても、一番食べてほしい方には、ほとんど口にしてもらえない……）

魔法のお菓子という特効薬を使えなくなったユージーンは、以前にも増して忙しい毎日を送っている。

折り悪く、同僚が体調を崩して休むことが重なり、その皺寄《しわよ》せがユージーンにも及んでいるらしかった。

ただでさえ大量の仕事を抱えていたのに、休んだ同僚達のフォローまでこなさなければならず、日によっては家に帰れない日もあった。

こういう時こそ魔法のお菓子を食べて疲れを癒してもらいたかったのに、ままならない現状が歯がゆくてならない。

それでもなんとか彼の力になりたくて、女主人としての役割をこなしつつ、少しでも栄養があって食べやすい食事を用意したり、マッサージの得意な侍女に教わって、疲れて帰宅したユージーンの肩や背中を揉《も》み解《ほぐ》したりと、できる限りのことはしているつもりだが、果たしてどれほどの効果があるのやら。

（ただ手紙の返事を待つだけというのは、落ち着かないわ。他にもっと、できることはないのかしら……）

激務に追われるユージーンの負担を軽くしたい。

さりとて、シャーロットには具体的に何をしたら彼の役に立てるのか、妙案が浮かばなかった。

彼女はまた「はあ……」とため息を吐き、かき混ぜている途中だった生地を見る。

今作っているのは、父の好物であるエッグタルトだ。タルト生地の器に濃厚なエッグ・カスタードを載せて焼いたお菓子で、タルトのサクサクっとした食感と、カスタードのとろっとした甘さがたまらない。

本当は、これもユージーンに食べてもらえたらよかったのだが、明日も朝早くから王宮に出仕すると言っていたから、無理だろう。

（……あっ）

その時ふと、シャーロットの脳裏にひらめくものがあった。

ちょうどこのあと、作ったお菓子を実家に届ける予定になっている。

確か今日は父が休みをとっているらしいから、そこでユージーンの負担を軽くする方策がないか、相談してみるというのはどうだろう。

（同じ文官として王宮に勤めているお父さまなら、何か助言をくださるかもしれないわ）

そうと決めたら、善は急げ。早くお菓子を完成させて実家に向かわなければと、シャーロットは不安や悩みをいったん頭の隅に追いやり、エッグタルト作りを再開した。

そして数刻後。エッグタルトを始め、家族からリクエストのあったお菓子類を全て作り終えたシャーロットは、実家であるアッシュベリー子爵家の屋敷を訪ねた。

「おお！　よく来たね、シャーロット。元気だったかい？　お前の顔が見れて嬉しいよ。もう寂しくて寂しくて……。結婚生活はどうだい？　ユージーン殿はよくしてくれているかな？　辛いなら、いつでも帰ってきていいんだよ？」

「お父さまったら……」

玄関でシャーロットを出迎えたモーリスは、まるで数年ぶりに娘と再会するような熱烈歓迎ぶりだったが、つい先週もお菓子を届ける際に顔を合わせている。

「私は元気にやっていますわ、お父さま。ユージーンさまも、とてもよくしてくださっています」

むしろ自分が気遣われるばかりで、ろくに彼の役に立てていないのではないかと負い目に感じるほどだ。

もっとも、それをそのまま口にしてしまえば、心配性な父をさらに悩ませることになるだろう。だからシャーロットは、なんの憂いもありませんという顔で微笑む。

それから父に相談したいことがあるのだと告げると、娘に頼られるのが嬉しかったのか、モーリスは大喜びでシャーロットを温室に招いた。

ここがシャーロットのお気に入りの場所だとみんな知っているから、実家を訪ねた際はいつも温室で家族とお茶を飲むことになっている。

ただ今日は、兄のセシルは王宮に出仕していて留守。母のオリヴィアと妹のジェシカは親戚の見舞いに行っており、屋敷に残っているのはモーリスだけのようだ。

（お母さま達にお会いできないのは残念だけれど、かえってよかったのかも）

父と二人きりの方が、相談しやすい。

シャーロットは、さっそくとばかりエッグタルトを頬張る父に、こう話を切り出した。

「お父さま。以前、お菓子の魔法の効果が何故かユージーンさまにだけ働かなくなったとお話ししたのを、覚えていらっしゃいますか？」

ロードリックへの手紙を託す際、シャーロットはそうモーリスに説明していたのだ。実の親に「媚薬めいた効果が出て欲情云々」とは、さすがに正直に話しがたかったのである。

モーリスは、王宮で時折見かけるユージーンが、シャーロットのお菓子を毎日食べているにしては元気がないようだと気になっていたようで、なるほどそういうことだったのかと納得し、快く手紙を送ってくれた。

「ああ。その後、ロードリック殿から返事は届いたのかい？」

「いいえ、まだ……。それで、このままただ待っているだけというのも落ち着かなくて……」

「このところ、ユージーンさまは以前にも増して忙しいようなのです。それなのに、魔法のお菓子で疲れを癒していただくこともできなくて……」

「ああ。宰相府の補佐官達が立て続けに体調を崩されているというのは、私も耳にしているよ。それで余計に、ユージーン殿の負担が増しているのだね」

「はい……」

シャーロットは、彼のために少しでも力になりたいと考えてはいるが、具体的に何をしたらいいのかわからず、悩んでいることを告白した。

「ユージーン殿の負担を軽くするためにできること……か」

モーリスは腕を組み、「うーん」と思案する。

「そもそもユージーン殿は、一人で何でも抱え込みすぎなんだよね」

「そう……なのですか?」

ユージーンは家であまり仕事の話をしないので、シャーロットは王宮での彼の様子をよく知らないのである。

「ああ。他の宰相補佐官達はみな、部下として専属の事務官を数人ずつ持ち、それぞれに仕事を割り振っているんだ。しかしユージーン殿には、その部下が一人もいないらしいんだよ」

「えっ」

それも初耳だった。ということはユージーンは、他の宰相補佐官達が数人がかりでこなしている仕事を、たった一人で処理しているのか。

「そんな……」

驚くシャーロットに、モーリスは「ね？　さすがに無理しすぎだよねぇ」と苦笑する。

「まあ、その無理をここまで押し通せている彼は、やはり優秀すぎるくらい優秀な青年だよ。……あ、でも確か、昔はユージーン殿にも部下がついていたような……？」

「そうなのですか？」

「うん。他の部署のことだから、私もあまり詳しい事情は知らないんだけどね」

モーリスはそう言って、二つ目のエッグタルトに手を伸ばす。

「だからまあ、他の補佐官殿達のようにまた部下を迎えれば、彼の負担も減るんじゃないかな。シャーロットからそう進言してみるのはどうだい？」

ユージーン殿にその気があるなら、優秀な事務官を紹介するよ、とモーリスは言った。

「でも、私が言って、聞いてくださるかしら……？」

もし出過ぎた真似だと気を悪くされたらどうしようと、微かな不安が心を掠める。

しかしモーリスは、娘の不安を「はっはっは」と笑い飛ばした。

「大丈夫だよ、シャーロット。可愛い奥さんからの愛ある助言に気を悪くする男はいないさ。まあ、もし万が一にもユージーン殿がそんな男だったなら、いつでも家に戻ってきなさい」

「まあ、お父さまったら……」

何かというとすぐ出戻りを勧めるモーリスに、シャーロットはくすっと笑みを漏らす。半分くらいは本気かもしれないが、半分は娘の気持ちを軽くするための冗談。それが父なりの愛情だと、シャーロットはよくわかっていた。

（そう……よね。やってみる価値はあるかもしれないわ）

少なくとも、何もせずうじうじと思い悩み続けるよりよっぽどましだろう。

さっそく今夜、ユージーンが帰ってきたら話してみよう。

シャーロットはそう心に決め、やっぱりお父さまに相談してみてよかったと、安堵の笑みを浮かべたのだった。


その日の夜遅く、ユージーンが王宮から帰ってきた。

時刻はもう零時近い。シャーロットはとっくに湯浴みを済ませていたので、ナイトドレスの上にガウンを羽織った姿で夫を出迎えた。

「おかえりなさいませ、ユージーンさま」

「ただいま、シャーロット。まだ起きていたのか」

彼女はユージーンから、帰りが遅い時には先に休んでいるよう言われていたが、直接「おかえりなさい」を言いたくて、なるべく待つようにしていた。

それに今回は、ユージーンに話したいこともある。

「お夜食の準備ができていますが、召し上がりますか？」

「ああ……。少しだけ、もらおうかな」

一応夕飯は、シャーロットが持たせたお弁当を食べたのだという。このごろは帰宅時間が遅いのもざらなので、念のため昼と夜の二食分を用意していたのだ。

二人で食堂に向かうと、家政婦長のオーダム夫人がすかさずユージーンの夜食とシャーロットのお茶を運んできてくれた。女主人が旦那さまの食事に付き合うと察して、紅茶を淹れてくれたようだ。

彼女も執事のバージルと同じく古くからユージーンに仕えている人物で、この屋敷の女性使用人達を取りまとめる立場にある。

オーダム夫人は厳格で物静かな性格のバージルとは対照的に、陽気でおしゃべり好きな女性であった。上級使用人にしては口が軽いのが玉《たま》に瑕《きず》だが、シャーロットが早くこの屋敷の使用人達となじめたのも、彼女の尽力によるところが大きい。

「ありがとう、オーダム夫人。ユージーンさまと少しお話したいことがあるから、二人きりにしてもらっていいかしら？」

お茶を受け取る際に人払いを言いつければ、オーダム夫人はにこにこ顔で「かしこまりました」と頷いた。

「食器はあとでお下げしますので、このままで」

「ええ」

「それでは、失礼いたします」

オーダム夫人は食事を運んできたワゴンを押し、扉の前で一礼して食堂を去る。

そのタイミングで、ユージーンが口を開いた。

「シャーロット、俺に話とは？」

「お話は、またあとで。まずはお夜食を召し上がってください。せっかくのリゾットが冷めてしまいますから」

料理長が多忙な主人のために作ってくれたのは、具沢山のトマトスープリゾットだ。多くの野菜が使われているが、どれもクタクタになるまで柔らかく煮込まれているため食べやすく、一度でたっぷりの野菜を摂取できる。

トマトのまろやかな酸味も、食欲を引き立ててくれるに違いない。

実はこのリゾットは食の細いユージーンのため、シャーロットが料理長と一緒に考えたメニューの一つだった。

「では、いただこう」

ユージーンはスプーンを手にとり、リゾットを口にする。

（やっぱり、お疲れみたいね……）

シャーロットは夫の様子を見つめながら、彼の顔色の悪さを案じていた。

以前、ユージーンは自分の健康を心配する妻に「昔から身体は丈夫なんだ」「これくらい、無理の内に入らない」と言っていたけれど、やはり今のままの状態を続けていたら、遠からず彼も倒れてしまうのではと、シャーロットは不安でならない。

だからシャーロットは、ユージーンがリゾットを食べ終わるまで待ってから、意を決して口を開いた。

「あの、ユージーンさま。今日、お菓子を届けに実家に行ったのですが……」

シャーロットはそこで父から、ユージーンが部下を持たず、一人で仕事を抱え込んでいると聞いたことを話した。

「私は、王宮のお仕事のことはよく存じ上げませんが、他の方々が数人がかりでなさっていることを、お一人でやっておられるのでしょう？　それではあまりに、ユージーンさまの負担が大きすぎるのではないでしょうか」

「…………」

ユージーンは何も言わず、感情の読めない顔でじっとシャーロットを見返してくる。

（……っ）

もしかしたら彼は、文官の仕事を何もわかっていない自分が差し出口を叩いたことに、不快感を覚えているのかもしれない。

それでも、一度口にした言葉を撤回するわけにはいかなかった。

「ユージーンさまにも、昔は部下の方がいらっしゃったと聞きました」

「ああ……。確かに、いたよ。とても優秀な部下が……」

（ユージーンさま……？）

一瞬、彼の表情が暗く翳ったように見えたのは気のせい？　だろうか。

「あ、あの……」

「……それで？　シャーロットは俺に、どうしろと言うんだ？」

「え、えっと……」

ユージーンの口調にわずかな棘《とげ》を感じ、シャーロットはたじろぐ。

「昔のようにまた、部下を持てとでも？」

「は、はい……。そうすれば、ユージーンさまの負担も軽くなるのではないかと思って……。父も、ユージーンさまにその気があるのなら、優秀な事務官を紹介すると……」

「……そう、か」

彼は、「はあ……」と重いため息を吐いた。

（ユージーンさま……）

呆れているようにも、怒っているようにもとれる嘆息に、シャーロットの不安が高まる。

「心配してくれてありがとう、シャーロット。義父上にも気を使わせてしまったようで、申し訳ないな」

「いえっ、そんな……」

「でも、今は新しい部下を迎えて教育する余裕がないんだ。どんなに優秀な人間だろうと、最初はどうしたって時間と手間が必要になる」

「そう、なのですね……」

「ああ。部下の件はもう少し状況が落ち着いたら、考えてみるよ」

ユージーンは苦笑を浮かべ、食後の紅茶に口をつけた。

「………」

やはり、自分は余計なことを言ってしまったのだと、シャーロットは恥じ入る。

よくよく考えれば、これまでだって部下を持つよう勧められたことはあっただろう。にもかかわらず一人で仕事をこなしているのには、彼なりの理由があったのだ。

いらぬおせっかいを焼いてしまった。そもそも、自分の進言一つで状況を改善できるなんて、奢《おご》った考えだったのかもしれない。

（でも、それじゃあいったい、どうしたら……）

大好きな彼を助けたい、支えたいのに、なんの役にも立てない自分の無力さが歯がゆかった。

（私の魔法さえ、変わらなければ……）

きっと今も、激務に疲弊する彼を癒してあげることができたはずなのに。

（魔法、さえ……。……あっ……）

その時、思い悩むシャーロットの心に一条の光が差し込んだ。

（そう、だわ。媚薬の効果が出るのは、ユージーンさまが食べた時だけ。私や他の人にとっては、今も変わらず疲れを癒し、元気になる魔法のお菓子のまま……）

それならば、ユージーンではなく、体調を崩しているという他の宰相補佐官達に自分のお菓子を食べてもらえばいいのではないか。

彼らが休んでいるから、ユージーンに皺寄せがきているのだ。もし同僚達の復帰が早まれば、きっと彼の負担も減るはず。

（ああ、どうして今の今まで思いつかなかったのかしら）

「あ、あの、ユージーンさま」

シャーロットは、さっそく彼にお菓子の差し入れを提案してみた。

「魔法のお菓子を、宰相補佐官のみなさまに食べていただくというのはどうでしょう？」

「え……」

「休んでいる方達だけではなく、他の同僚の方達にも召し上がってもらえるよう、たくさんのお菓子を作ります。みなさまが元気になれば、ユージーンさまも……」

「だめだ！」

「えっ……」

ユージーンは未だかつてなく不機嫌そうな顔で、「絶対に許さない」と言う。

（どうして……）

「君があれこれ心配しなくても、俺は大丈夫だ」

苛立ちを含んだ冷たい声が、シャーロットの耳朶《じだ》を打つ。

「これ以上、余計なことを考えないでくれ」

「……っ」

ユージーンは、もう話は終わりだとばかり、シャーロットを置いて食堂から出て行った。

（余計な、こと……）

自分はまたしてもいらぬ差し出口をきいてしまったようだと、シャーロットは項垂れる。

ただ、何故彼があんなにも怒ったのか、その理由がわからない。

いい考えだと思ったから、提案したのに……

いったい、何がいけなかったのだろう。

（もしかして……）

いつまたおかしな変化を起こすかもわからない代物を大切な同僚達に食べさせるなんて

と、不快感を覚えたのだろうか。

しかし、それが理由なら家族や使用人達の分も作らないよう止めるはずだ。

夫の真意が見えず、シャーロットは思い迷う。

けれど、とにかく自分のでしゃばった言動が、ユージーンの機嫌を大いに損《そこ》ねてしまったことだけは確かだ。

「………」

あんな風に苛立ちをぶつけられたのは、初めてだった。

怖かったし、何よりとても悲しい。

彼の身を案じる気持ちまで「余計なこと」と、否定された気がしたのだ。

それに、今回のことで彼に厭われ、嫌われてしまったのでは……と思うと怖くて不安で、身体が芯から冷えていくような心地を覚える。

「ユージーンさま……」

そうだ。今はとにかく、彼を追いかけて謝らなくては。

シャーロットは傷つき弱る心を必死に奮い立たせ、寝室に向かった。

だがそこにユージーンはおらず、もしやと思って彼の書斎に行けば、中から人の気配がする。

「あ、あの。ユージーンさま、そこにいらっしゃるのですか……?」

扉越しにおずおずと声をかけると、ほどなく「ああ」と応えがあった。

「まだ、お仕事を……？」

「いや。……今夜はここで休む」

（……っ）

ユージーンは、自分と同じベッドに入りたくないのだ。

そう拒絶されたとしか思えなくて、シャーロットの胸がズキンと痛む。

「さっきは、すまなかった。疲れているせいか、どうも物言いがきつくなる。俺の方こそ君に余計なことを言ってしまいそうだから、今夜は別々に寝よう」

「………」

彼の声は優しく、自分の言動に対する反省の念と、妻への労りの気持ちが感じられたけれど、シャーロットの心は晴れなかった。

少なくとも今、ユージーンは自分の顔を見たくないと思っている。

その事実の前では、どんな気遣いの言葉も無意味だ。

「……こちらこそ、でしゃばった真似をして、申し訳ありませんでした……」

シャーロットはじわりと込み上げてくる涙をぐっと拭い、謝罪の言葉を口にする。

そして彼の返事を聞くより早く、逃げるようにこの場を後にした。

翌朝、シャーロットが泣き腫《は》らした目を化粧で誤魔化し書斎へ向かうと、鍵は開いていたもののユージーンはすでに出勤したらしく、姿が見えなかった。

「…………」

これまで、どんなに朝が早くても共に朝食をとり、仕事へ向かう夫を見送りたいというシャーロットの意を汲《く》んでくれていたのに、今朝は彼女を起こさないよう使用人達に命じて、早々に屋敷を出たのだという。

避けられているのだわ……と、シャーロットはますます悲しくなった。

（あんなことを言わなければよかった……）

何度悔やんだかわからない。

昨夜はほとんど眠れず、今朝もずっと気が塞がったままだ。

そのため食欲もわかなかったが、料理長が心を込めて用意してくれた朝食を残すのも忍びなく、また周りに余計な心配をかけるのも申し訳なくて、シャーロットはなんとか必死に料理を口にした。

いつもより時間のかかった朝食のあと、シャーロットはエプロンを纏って厨房に立つ。

（結局、私にできるのはこれだけなのよね……）

元々お菓子作りのために空けていた時間だ。それに、ただうじうじと落ち込んでいるよりは、家族や使用人達に喜んでもらえるお菓子を作っていた方が、よっぽど建設的だろう。

もしかしたら調理に没頭しているうちに気持ちがすっきりして、ユージーンと改めて向き合う勇気が持てるようになるかもしれない。

そんな少しの期待を抱いて、シャーロットは食材を作業台に並べた。

今回作るのは、アンズのクラフティ。大きめの型にタルト生地を敷き、その上にアンズを並べ、卵と牛乳、生クリーム、砂糖、小麦粉を混ぜた生地で蓋《ふた》をして焼いたお菓子だ。

去年の夏に収穫したアンズを砂糖漬けにしたものがあったので、それを使う。

ただ果物はアンズに限らず、サクランボやスモモ、ベリー類でも美味しい。

また、シャーロットの場合は大量に作るのでよく大きな型を用いているが、小さな型を使ってミニサイズのクラフティにするのもいい。

「…………」

シャーロットは普段通り、手際よく調理を進めていく。

しかしてきぱきと動く手足とは裏腹に、彼女の心はなかなか晴れなかった。

どうにも、お菓子作りに集中できない。それだけ、ユージーンとぎくしゃくしてしまったことが重く響いているのかもしれない。

（……お菓子を食べたら、少しは元気が出るかしら……）

シャーロットは自嘲の笑みを浮かべ、アンズを並べたタルトの上に小麦粉の生地を流し込む。

それからいつものように、「食べてくれる人が喜んでくれますように、美味しくなりますように」と祈った。

ところが――

「え……」

シャーロットが祈りを込めたアンズのクラフティは、光を一切発しなかった。

（どうして……）

何かの間違いだろうかともう一度祈りを込めても、結果は同じ。

（でも、もしかしたらたまたま光らなかっただけかもしれないわ）

微かな期待を胸に、生地をオーブンに放り込む。

焼き上がりを待っている間に他のお菓子を作ろうと思っていたのだが、クラフティが気になって、何も手につかなかった。

そして、約四十分後。オーブンから取り出したアンズのクラフティを、粗熱をとるまで待ちきれず、すぐさま一ピース分だけケーキ用のナイフで切り分ける。

「……っ」

シャーロットは、カスタード・プディングによく似たクラフティの生地を恐る恐る口にした。アンズの風味が移った生地の甘さが、ふわりと口の中に広がる。

「…………」

とても美味しくできている、と思う。

しかし、普段なら必ずある身体が芯から温まるような感覚や、活力が湧いてくる感じがまったくない。

(うそ……)

念のため、厨房にいた料理長やキッチン・メイド達にも食べてもらったが、やはり魔法の力は現れていないようだった。

(そんな……)

シャーロットは、自分の足元がガラガラと崩れ去るような錯覚を覚える。

お菓子に媚薬めいた効果をつけないようにするどころではない。

彼女は突然に、魔法そのものを使えなくなってしまったのだ。

「……っ」

唯一の取柄であった魔法のお菓子が作れなくなったことに、シャーロットは愕然《がくぜん》とする。

料理長やキッチン・メイド達は、落ち込む彼女を「たまたま調子が悪かっただけですよ」「そうそう、きっとお疲れなんです」「奥さま、結婚されてからずっと頑張っていらしたから」「ゆっくり休めば、また作れるようになりますよ」と口々に慰め、励ましてくれたが、シャーロットの憂いは消えなかった。

だって、自分は魔法のお菓子の力を見込まれて、ユージーンと結婚したのだ。

魔法が使えなくなった自分を、果たして彼は必要としてくれるのだろうか。

ましてシャーロットは昨夜、ユージーンの機嫌を損ねたばかり。そこへ今回のことが知られたら、いよいよ彼は、自分を妻に迎えたのは間違いだったと思うかもしれない。

「…………」

「奥さま……？」

今にも泣き出しそうな顔で押し黙るシャーロットに、キッチン・メイドの一人がおずおずと声をかける。

「……心配をかけて、ごめんなさい。そう、よね。少し、疲れているのかもしれないわ」

このまま厨房で落ち込んでいたら、彼女達に心配をかけてしまう。

そう思ったシャーロットは、不安に揺れる気持ちをぐっと堪え、無理やりに微笑んで言った。

「しばらく、お菓子作りをお休みしてみるわ。周りに気を使わせたくないから、魔法を失敗してしまったことは、秘密にしてもらえるかしら」

シャーロットがそうお願いすると、料理長とキッチン・メイド達は「もちろんです」と力強く頷いてくれた。

そして落ち込む女主人のために、今日の夕食はとびきりのごちそうを作ると約束してくれたのだった。

◇◇◇

「はあ……」

王宮の執務室で山のような書類と格闘していたユージーンは、今日何度目かわからないため息を吐いた。

物憂いの種は、やってもやっても終わらない仕事……ではない。

確かにそれも彼を疲弊させている原因の一つだが、それ以上にユージーンの心を重く占めているのは、昨夜の出来事だった。

（シャーロットは、俺のことを心配して言ってくれたのに……）

このところ、同僚が立て続けに体調を崩して欠勤し、休んだ者の分まで仕事もこなさなければならず、宰相府は目が回るような忙しさに見舞われていた。これにはさすがのユージーンも疲れを感じている。そして、心の余裕をなくしていたのだ。

だから、シャーロットが自分を思って口にしてくれた言葉を、素直に受け止めることができなかった。

宰相補佐官の仕事を一人で抱え続けるのは無理だ。部下を持った方がいい。

これまで何度、そう周りに勧められてきただろう。

ユージーンとて、いつまでも今のままではいられないとわかっている。他の補佐官達のように、部下を持つべきだと。

しかし彼は過去の苦い経験から、部下を持つということに忌避感を抱いていた。

（あいつが、今も事務官を続けてくれていたらよかったんだがな……）

ユージーンが宰相補佐官になってすぐ、最初に部下になった事務官はとても優秀な男だった。おまけに温厚な性格で人当たりも良く、気働きが上手《うま》くて、ユージーンと周囲の緩衝材にもなってくれていた。

現宰相の嫡男であり、かつ最年少で最難関の文官登用試験を突破した天才と注目を集め、またやっかみを受けやすかったユージーンが宰相府の仕事に早くなじめたのは、間違いなく彼のおかげである。

だがその優秀な部下は、とある事情でユージーンのもとを去った。

そして次に部下として迎えた事務官は、自分を優秀な人間だと思い込んでいる、プライドだけは高い男だった。

男の言葉や態度の端々には、年下の上司であるユージーンへの侮りが滲んでいた。また仕事のミスも多く、それを指摘する度にふてくされた顔で言い訳を繰り返されるのが苦痛で、ユージーンは次第にその男へ仕事を回さなくなっていた。自分でやった方が早かったし、余計なストレスを抱え込まずに済んだからだ。

すると男は、ユージーンが優秀な自分をやっかんで冷遇していると周囲に訴えた。

そしてすったもんだの末、男は他部署に移動することになったのだ。聞けばそこでも問題を起こし、結局は事務官を辞めたと聞く。

続いて部下になった事務官は、二人目とは反対に、とても気の弱い性格の男だった。とりたてて厳しく接していたつもりはないが、ユージーンの言葉や態度にいちいち怯《おび》え、萎縮《いしゅく》する。

そんな相手だから、ミスを指摘する際もなるべく責める口調にならないよう気を使っていたものの、ただ話しかけただけでもびくつかれるので、二人目の時と同じく仕事を回すのが億劫《おっくう》になっていった。

そのうち、三人目の部下は自分に王宮勤めは合わないと察して、退職を申し出た。

二人目に比べたら穏便な辞め方だったが、そのころにはもうユージーンはすっかり部下との関係に疲れていて、自分には専属の事務官などいらないと頑《かたく》なになってしまった。

もちろん、二人目と三人目が極端な例だっただけで、まともな事務官は多い。現に、他の宰相補佐官達は部下とも上手くやっている。

しかしいかんせん、三人目の事務官が辞めたあと、一人で仕事をこなす状況は快適すぎた。

残業は増えたが、部下に気を使い疲弊することも、一から仕事を教える手間をかけることもなく、自分のペースで進められる。その方がずっと効率も良い。

だがそれは、ユージーンが二度続けて失敗した『部下の育成』という面倒な仕事から、逃げているだけとも言えた。

（はあ……）

解決すべき問題を先延ばしにし、目を背けていた自分の不出来さ、不甲斐なさ。

そういった粗をシャーロットに指摘された気がして、ばつが悪くて、ついそっけない態度をとってしまった。

その上、自分が口にできない彼女のお菓子を同僚達に渡したくない、他の男に食べさせたくないというつまらない嫉妬から、酷《ひど》い物言いまで……

（最低だ……）

あの時の、シャーロットの泣きそうに歪んだ、傷ついた表情が頭から離れない。

彼女に合わせる顔がなくて、また酷いことを口走ってしまったら、そしてそんな自分にシャーロットが愛想を尽かしたらと思うと怖くて、結局彼女を避けるような真似をしてしまった。
一応、扉越しに謝罪はしたが、返ってきたシャーロットの声はとても沈んでいた。
何故あの時、すぐに扉を開けて彼女を抱き締め、謝り倒さなかったのか。
……いや、理由はわかっている。
自分は怖かったのだ。万が一にも、シャーロットに拒絶されることが。
「はは……」
まったく、自分がこんなに臆病《おくびょう》な人間だとは思わなかった。
（シャーロット……）
彼女は何も悪くないのに。
本当に、申し訳ないことをした。
もう一度、シャーロットに謝らなければ……と思う。
しかし、気まずい。
彼女は自分を許してくれるだろうか。
もし、許してくれなかったら……
（いや、とにかく謝るしかない。シャーロットが許してくれるまで、何度でも）
だがその前にと、ユージーンは机上に積み上がった書類を睨《にら》みつける。
どれも決裁《けっさい》の期限が迫ったものばかりだ。これらを片付けなければ、家には帰れない。

（……確かに、シャーロットの言う通りだな）

書類に目を通し、内容を確認した上でサインをしていきながら、ユージーンは思う。

自分一人で宰相補佐官の激務をこなすには限界があると、今回の緊急事態で身に沁みた。

いや、以前の自分だったなら、これくらいなんでもないと受け入れていたかもしれない。

かつての彼は、自分のプライベートな時間をどれだけ犠牲にして仕事に打ち込んでもまったく気にしない、『仕事中毒のユージーン』だったから。

けれど今は違う。シャーロットと結婚し、彼女の愛らしさや健気さに心惹かれて、ユージーンはもっとシャーロットとの時間を持ちたいと考えるようになっていた。

それに以前のような無茶な仕事の仕方をして、彼女を心配させたくない。

シャーロットはユージーンの健康を案じて、食事の改善に取り組んでくれている。

また最近は侍女にやり方を習ったらしく、疲れて帰ってきたユージーンの肩を揉んでくれたり、マッサージを施してくれたりと、献身的に労ってくれた。

（そんな健気なシャーロットに対して、俺はなんてことを……）

返す返すも昨夜の言動が悔やまれ、罪悪感に胸がぐっと締め付けられる。

（くっ……）

こうなっては一刻も早く仕事を片付け、シャーロットのもとへ帰るしかない。

休憩時間を全て犠牲にすれば、なんとか今日は帰宅できるはずだ。

しかし無情にも、ユージーンのデスクに新たな書類の束がドサッと置かれる。

「すまん、レンフィールド補佐官。カウフマン補佐官が視察先で倒れた。彼が抱えていた分の仕事も、みんなで分担することになる」

「…………………」

どうあっても今日は帰宅できないと、決定した瞬間だった。

（くそ……っ）

ならばせめて、先にシャーロットへ謝罪の手紙を送ろう。そのついでに、今夜は王宮に泊まり込むと伝えなければ。

ユージーンは書類の決裁をひとまず脇に置いて、引き出しから便箋と封筒を取り出した。

すると、今度は別の宰相補佐官が近づいてくる。

（また誰か倒れて、仕事が増えたのか？）

しかし彼の予想に反し、相手はただ宰相府に届いた郵便物を配って回っているだけだった。

「はいこれ、レンフィールド補佐官の分」

「ありがとうございます」

いくつかある自分宛ての郵便物は、地方に散っている文官からの報告書が主だったが、一通だけ普通の手紙が紛れている。

（これは……？）

差出人の欄には知らない住所が記され、送り主の名前もイニシャルのみ。

だがユージーンは、その流麗《りゅうれい》な筆跡に見覚えがあった。

「……っ、まさか……」

彼は慌てて封筒を開け、中の手紙を確認する。

そして驚きに目を見開き、差出人の名を呟いた。

「エメライン……」

それはかつて、ユージーンと婚約関係にあった女性の名前。

彼に届いたのは、その元婚約者からの手紙だったのだ。

第六章

初めて魔法のお菓子作りに失敗した日から二週間が過ぎても、シャーロットは相変わらず魔法を使えないままだった。

料理長達には「しばらくお菓子作りを休む」と言ったものの、どうしても気になってしまい、シャーロットは時折時間を見つけては厨房を訪ね、また元通り魔法が使えるようになっていないか試している。

しかし、今のところ成果は見られなかった。

『昨日はだめだったけれど、今日こそは魔法が使えるようになっているかも』

そんな期待を抱いては裏切られる日々が、ずっと続いている。

「はあ……」

どんなに祈りを込めても光を放つことのなかったクッキー生地を前に、シャーロットは重いため息を吐いた。

周りで忙しく立ち回る料理長やキッチン・メイド達が、沈んだ顔の女主人に気遣わしげな視線を向ける。

シャーロットの願い通り、彼女達が口を噤《つぐ》んでくれているおかげで、魔法を使えなくなってしまったことは他に漏れていない。ユージーンにも、まだ話さずにいた。

彼を含め周りには、「女主人としての勉強に専念したいので、しばらくはお菓子作りをお休みする」と説明してある。

だから厨房へは、料理長と献立の打ち合わせをするという名目で通っていた。

「奥さま……？」

しばし未練がましくクッキー生地を見つめていたシャーロットだったが、キッチン・メイドに声をかけられ、ようやく顔を上げる。

「……ごめんなさい。今回も、だめだったみたい」

「あ、あの、あまりお気を落とされず……。きっとまた、使えるようになります」

彼女の声に、周りのキッチン・メイド達も「そうです」「今回も、たまたま調子が悪かっただけですよ」と慰めの言葉をかけてくれた。

「ありがとう……」

ああ、また彼女達に気を使わせてしまったと、シャーロットは申し訳なく思った。

料理長を始め、厨房で働いている者達はみんな優しい。

打ち合わせを理由に通っているため、ここにいられる時間はどうしても限られる。

だからいつも中途半端なところで作業を切り上げ、後始末を彼女らに押し付ける形になっているのだが、誰一人嫌な顔をせず、快く応じてくれるのだ。

今回も、「後のことは私達にお任せください」と言って、クッキー作りを引き継いでくれた。シャーロットが作りかけた生地は彼女らの手によって完成し、今日の使用人達のおやつとして出される予定だ。

「また、いつでもお好きな時間にお越しくださいね、奥さま」

「ありがとう、料理長」

料理長、そしてキッチン・メイド達にお礼を言って、シャーロットは厨房を離れる。

(私は、もう二度と魔法を使えないのかしら……)

自室へ戻る道すがら、彼女の頭を占めるのはやはり、突然使えなくなってしまった魔法のことだ。

こうなった原因も、どうしたらまた魔法を使えるようになるのかもわからない。

唯一答えを知っていそうなロードリックには、ユージーンに内緒で数日前に二通目の手紙を——魔法がまったく使えなくなってしまったことを記した手紙を送ったが、今日になっても未だ一通目の返事すら届いていなかった。

(……いい加減、ユージーンさまにも話さないとだめ……よね……?)

シャーロットは足を止め、自分に問いかける。

本当は、もっと早くに報告するべきだったのだろう。

しかし彼はこのところますます忙しいようで、ろくに話す時間もなかった。

なんでも、同僚がまた一人体調を崩し、負担が増えたらしい。

王宮に泊まり込む日も多くなり、屋敷に帰ってきても大抵が深夜遅くで、翌朝にはシャーロットが目覚めるより先に屋敷を出て行く。

その上、ここ二週間は休日もとれない有様だった。

まったく顔を合わせていないわけではないのだが、湯浴みを済ませるなりすぐベッドへ入って眠ってしまうユージーンに時間をとらせ、魔法の件を打ち明けるのは躊躇われた。

ただでさえ疲れている彼を、これ以上煩《わずら》わせたくなかったのだ。

（ううん、違う……）

ただ打ち明けるだけなら、直接話す時間はなくても、手紙を書いて渡すなり、報告する方法は他にもあっただろう。

それをせずにいたのは、怖かったから。

魔法を使えなくなったことを知られ、今度こそユージーンに見限られてしまうのではないかと思うと、怖くてたまらなかったからだ。

（私が余計な差し出口をきいて怒らせてしまった時、ユージーンさまは私に謝ってくださったけれど……）

彼に避けられ、さらには魔法まで使えなくなって落ち込んでいたあの日、王宮からユージーンの手紙が届いたのだ。

そこには「仕事が終わりそうになく、今日は帰れない」という一文の他に、シャーロットへの仕打ちを詫びる言葉が書き連ねられていた。

それだけでなく、彼は翌日帰宅すると、改めてシャーロットに「すまなかった」と謝ってくれた。

『君は俺のためを思って進言してくれたのに、俺は酷い態度だったろう？　おまけにあれから、君を避けるような真似をしてしまって……。本当にすまなかった』

『ユージーンさま……』

あの時は、このまま避けられ続けるのではと不安だったので、ユージーンがもう怒っていないと知って安堵したし、わざわざ自分のために言葉を尽くしてくれたことが嬉しかった。

ユージーンは優しい人だ。

彼なら、シャーロットが魔法を使えなくなったと知っても、見捨てずにいてくれるかもしれない。

（でも、もしそうじゃなかったら……？）

ユージーンに落胆《らくたん》の目で見られ、「この結婚は間違いだった」と、彼の口からはっきり告げられる。

「……っ」

そんな場面を想像しただけで胸が苦しくなり、魔法のことをユージーンに告白しなければという気持ちが揺らいでいった。

彼と別れたくない。

ユージーンの傍にいたい。

しかしそう願う一方で、必要とされるお菓子を作れず、挙句そのことを彼に隠している自分がいつまでもこの屋敷にいていいのかと、後ろめたく感じる気持ちもある。

（どうして、魔法が使えなくなってしまったのかしら……）

昔と変わらず使えていたら、こんな悩みに苛まれることもなかったろう。

そして、今まさに激務に追われている彼の力になれたはずだ。

なんの役にも立てない自分が歯がゆく、ユージーンに申し訳なくてならない。

「――さま、奥さま！」

呼ばれ、シャーロットははっと我に返った。

「こんなところでぼうっと立たれて。どこかお加減でも悪いのですか？」

そう心配げに尋ねるのは、シャーロット付きの侍女であるメアリーだ。

なんでも彼女は約束の時間になっても部屋に戻らない主人を心配して、迎えにきてくれたらしい。

「なんでもないわ。ごめんなさい。ちょっと、考え事をしていただけなの」

「そう……ですか？　このところ、ずっとお元気がないように見えますけど……」

（メアリー……）

なるべく普段通りに振舞っているつもりだったけれど、幼いころから傍にいてくれた侍女の目は誤魔化せないようだ。

……いっそ、メアリーには全て打ち明けてしまおうか。

一瞬、そんな考えに駆られたものの、主人思いの侍女にこれ以上心配をかけさせたくないと躊躇《ちゅうちょ》する。

それにメアリーだって、「突然魔法が使えなくなって悩んでいる」と告白されても、困るだろう。

だからシャーロットは微笑の下に本音を隠し、「大丈夫よ」と告げた。

「このところお勉強を頑張りすぎたから、ちょっと疲れてしまっただけ。少し休めば、またすぐ元気になるわ」

お菓子を作らない言い訳に使った『女主人としての勉強』は、あながちうそではなかった。

シャーロットは下級貴族の家に生まれ、いずれは同格の貴族に嫁ぐだろうと考えられていたので、レンフィールド侯爵家のような大貴族の女主人として立ち振舞うには、まだまだ知識や経験が足りていない。

そのため婚約期間中、そして結婚してからも勉強を続けていたのだが、このごろはお菓子を作らなくなって空いた時間にも座学やダンスレッスンの予定を詰め込み、学んでいた。

またシャーロットの教育には、ユージーンの母親であるリオノーラ・レンフィールド侯爵夫人も協力してくれている。

リオノーラは綺麗な銀色の髪に紫水晶の如き瞳の持ち主で、年齢による衰えをまったく感じさせない、とても美しい女性だ。ユージーンの美貌は、間違いなくこの母親から受け継がれたものだろう。

彼女は義理の娘となったシャーロットを可愛がり、婚約期間中からよく侯爵邸に招いては、女主人としての心得や立ち居振る舞い、社交のコツや知識・教養を親身になって教えてくれた。

最初はとても緊張したものの、何度も顔を合わせるうち、シャーロットはリオノーラのことを心から慕うようになっていた。

実は今日も義母に呼ばれ、レンフィールド侯爵邸へ向かうことになっている。屋敷の庭で親しい友人達を集めたお茶会を開くらしく、シャーロットも招待されたのだ。

「ああ、お義母さまをお待たせしてはいけないわね。早く支度しないと……」

シャーロットは未だ心配げな顔のメアリーと自室に戻り、外出の用意をする。

部屋にはメイド達が控えていて、身支度を手伝ってくれた。

まずは普段使いの簡素なドレスを脱ぎ、コルセットを装着して、お茶会用のドレスに着替える。

これは結婚前、まだユージーンの婚約者だったころに義母が誂《あつら》えてくれたもので、空色の生地に真っ白いレースやフリルをたっぷりとあしらった、とても可愛らしいデザインのドレスだ。

揃いの帽子に手袋と靴、さらには日傘までまとめて贈られた時にはとても恐縮したものだけれど、今となってはさらに恐れ多く感じる。

自分は求められた役目をろくに果たせていないのに、義母から贈られたものを身に着けていいのだろうか……と。

しかし、リオノーラからはこのドレスを着てくるようにと指示されている。自分の勝手な罪悪感で、義母の期待を裏切るわけにはいかない。

そしてシャーロットは身支度を済ませると、メアリーと共に馬車に乗り込み、義母の待つ侯爵邸へと向かった。


「まあまあ、シャーロット。よく来てくれたわね」

他のゲスト達より早い時間に到着したシャーロットを、リオノーラは満面の笑顔で迎えてくれた。

彼女は義娘をぎゅっと抱き締め、ついでそのドレス姿をまじまじと見つめると、笑みを深めて言う。

「ああ、やっぱりとてもよく似合っているわ。空色の生地にあなたの綺麗な金髪が映えて、とても素敵よ。本当に、お人形さんみたいでとっても可愛い」

「あ、ありがとうございます、お義母さま」

リオノーラの顔立ちはユージーンとそっくりなのだが、彼女は息子と違って表情豊かで、かつとても饒舌《じょうぜつ》だった。

しかも顔を合わせる度に容姿を絶賛してくるので、シャーロットはいつもたじたじになってしまう。

「ふふっ。興奮してしまってごめんなさいね。可愛い娘をお友達に自慢できるものだから、嬉しくてつい……ね」

「いえ、そんな……」

シャーロットは、どう言葉を返したものか反応に困った。

すると後ろに控えていたメアリーが、助け船を出すみたいにちょいちょいと袖を引いて目配せをする。

（あっ、そうだわ……）

彼女には、手土産の包みを持たせていたのだった。シャーロットはメアリーからそれを受け取ると、リオノーラに差し出す。

「お義母さまはこちらのチョコレートがお好きだと聞いたので……」

「まあ！　わざわざ買ってきてくれたの？　ありがとう。わたくし、ここのチョコレートが一番好きなのよ」

よかった。どうやら喜んでもらえたようだ。

ホッと胸を撫で下ろすシャーロットに、リオノーラは優しく微笑みかけた。

「ううん。でも、もう二番かしら。前にあなたが作ってくれた魔法のチョコレートの方が美味しかったたわ。ユージーンが虜《とりこ》になるのも当然ね」

「お義母さま……」

シャーロットは何度か、リオノーラやレンフィールド侯爵にも手作りのお菓子を贈ったことがある。その時にも喜ばれたが、まさかお気に入りの菓子店のチョコレートを越えるほど美味しいと言ってもらえるとは……

嬉しいが、シャーロットは複雑な気持ちだった。

「今度、また作ってきてくれる？」

「……はい」

頷いてはみたものの、自分はもう二度と、義母が美味しいと言ってくれたチョコレートを作ることはできないかもしれない。

期待に応えられない自分が情けなく、また魔法を使えなくなってしまったことを正直に打ち明けられない罪悪感で胸が痛んだ。

（申し訳ありません、お義母さま……）

それからシャーロットは、リオノーラと共にゲスト達を出迎え、茶会の席についた。

侯爵家自慢の庭では新緑が青々と萌《も》え、色とりどりのチューリップが花を咲かせている。今はまだ固い蕾《つぼみ》のバラも、もう少し時が経てば見ごろを迎えるはずだ。

天気も良く、風も心地良いガーデン・パーティー日和《びより》にここへ集まったのは、いずれもリオノーラと親交深い貴婦人達。彼女らがそれぞれ娘や嫁を伴っているのは、シャーロットに同年代の知己《ちき》を得させようという義母の配慮だろう。

シャーロットはせめてリオノーラに恥をかかせまいと、気を引き締めてお茶会に臨んだ。独身時代は社交が苦手でなるべく避けていたが、侯爵家に嫁いだ以上、もうそんな我儘は通らない。

彼女は緊張の面持ちになんとか笑みを載せ、ゲスト達に手ずからお茶を振舞った。

客人にお茶を淹れるのは主催者の役割でもあるが、今回のお茶会はシャーロットのお披《ひ》露《ろ》目《め》を兼ねているため、彼女がその役を仰せつかったのだ。

「リオノーラさまが自慢に思う気持ちがよくわかるわ。仕草の一つ一つがとても丁寧で、可憐で。思わず見惚れてしまったわ」

ゲストの一人、ふっくらとした体格に人の善さそうな顔立ちをしたメイプル伯爵夫人が、シャーロットにそう微笑みかける。

彼女の言葉にはお世辞も多分に含まれているのだろうが、まだまだ社交に不慣れなシャーロットは、こういう時上手に返事ができなくて、言葉に詰まってしまう。

「あ、ありがとうございます。全て、お義母さまのご指導の賜物《たまもの》ですわ」

だがそんな初々しく謙虚な態度も、メイプル伯爵夫人には好ましく映ったようだ。

「まあまあ、本当に可愛らしいこと」

すると他のご婦人方まで、「さすがリオノーラさまお気に入りの妖精さんね」「うちの嫁にもこれくらいの可愛げがあれば」「レンフィールド侯爵家が羨ましいわ」と囀《さえず》り出した。

(え、えっと……)

当のシャーロットは、恐縮しきりである。

「こんなに素敵な方を迎えられて、侯爵家も安泰ですわね」

そうリオノーラに話しかけたのは、最初にシャーロットのことを褒めてくれたメイプル伯爵夫人だ。

ついで、彼女の隣にいたテニソン伯爵夫人が「本当に」と相槌を打つ。

テニソン伯爵夫人はメイプル伯爵夫人の実の娘で、確かユージーンと同じ二十三歳。母親とは体格も顔もあまり似ておらず、豪奢《ごうしゃ》な金の巻き毛の勝気そうな美人だ。

「エメライン嬢の一件以来、ユージーンさまは女性を遠ざけておられるようでしたから、どうなることかと案じておりましたの」

（エメライン嬢……？）

「これっ、フェリシア！」

メイプル伯爵夫人が険しい表情で娘を窘《たしな》める。

周りのご婦人達も、眉を潜めてテニソン伯爵夫人を見ていた。

「あっ……」

そこで彼女もようやく失言だったと察したらしい。慌てて「し、失礼いたしました」と謝罪し、メイプル伯爵夫人も「娘が余計なことを……。本当に申し訳ありません」とリオノーラに謝った。

「お気になさらないで。そんなことよりみなさま、先月出版されたトールマンの詩集はもうお読みになりまして？」

リオノーラが話題を変えれば、他の婦人達が「読みましたわ」「ああ、わたくしはまだですの」「途中までなら」と反応を返す。

そうしてテニソン伯爵夫人の発言はなかったことにされ、この場に集まった女性達は美味しいお菓子とお茶を楽しみながら、他愛ない話に花を咲かせたのだった。


無事にお茶会を終えた帰りの車中で、シャーロットは物思いに耽《ふけ》る。

(フェリシアさまがおっしゃっていた『エメライン嬢の一件』って、いったいなんのことなのかしら……?)

シャーロットはお茶会の間もずっと、テニソン伯爵夫人の言葉が気になっていた。

過去にエメラインという人物が関わる何かがあって、ユージーンが女性を避けるようになった……ということなのだろうが、その『何か』がわからない。

しかし詳しい話を聞きたくても、とうてい口に出せる雰囲気ではなかった。

またメイプル伯爵夫人や他のゲスト達の反応から察するに、この話題はリオノーラにとって好ましからざる話なのだろうと思い、義母に尋ねることもできなかった。

それでも、気になるものは気になる。

そこでシャーロットは帰宅後、事情を知っていそうな人物に話を聞くことにした。

古くからユージーンに仕える執事のバージルと、家政婦長のオーダム夫人である。

居間に二人を呼び出したシャーロットは、お茶会の席で出たテニソン伯爵夫人の発言を話し、『エメライン嬢の一件』とは何か、もし知っていることがあったら教えてほしいと頼んだ。

すると、二人は揃って驚いた顔をして――

「えっ、奥さまはご存知なかったのですか?」

「エメラインさまのことも、何も……?」

と問い返してくる。

「え、ええ」

「さようでしたか……」

バージルはしばし逡巡したのち、「他の方から、面白半分に聞かされるよりは」と、事情を話してくれた。

それによると、エメライン――エメライン・ジェファーソン伯爵令嬢は、ユージーンの最初の婚約者だった女性なのだという。

(ユージーンさまの……)

彼ほどの人が、自分と婚約するまで縁談の一つもなかったのだろうかと不思議に思ってはいたが、やはりあったのだ。

エメラインはユージーンより一つ年下で、彼女が十四歳の時に婚約を結んだらしい。なんでも、父親であるジェファーソン伯爵が名門であるレンフィールド侯爵家との縁談を強く望み、実現した婚約であったそうだ。

「エメラインさまは艶《あで》やかな黒髪にぱっちりとした青い瞳の、とても美しいご令嬢で、ユージーンさまがエスコート役を務めた社交界デビューの舞踏会では、お似合いのカップルだとそりゃあもう評判だったんですよ」

オーダム夫人がうっとりとした顔で言うが、バージルはシャーロットのことを気遣ってか、コホンと咳払いして彼女の言葉を遮《さえぎ》る。

「しかしユージーンさまは、まあ、ああいう方ですからな。婚約者としての礼儀は尽くされていましたが、何よりも仕事第一で……」

エメラインはずいぶんと寂しい思いをしていたようだと、バージルは語る。

（ああ……）

確かに彼は自分との婚約中も仕事が最優先で、数えるほどしか会えなかった。

シャーロットはあまり気にしていなかったが、エメラインには耐えがたかったのだろう。

エメラインはいよいよユージーンとの結婚も現実味を帯びてきた十八歳の年、驚くべき事件を起こす。

なんと、別の男性と駆け落ちしてしまったのだ。

おまけにその相手は、ユージーンの部下であった事務官の青年だという。

「そんなことって……」

ではユージーンは、自分の部下に婚約者を奪われてしまったのか。

伯爵令嬢の駆け落ち事件は当時大醜聞として世間に騒がれたそうだが、シャーロットはまったく記憶になかった。まだ十三歳と幼かったし、元々社交界の出来事に関心が薄かったからだろう。

また醜聞を厭ったジェファーソン伯爵家とレンフィールド侯爵家がすぐさま火消しに走ったため、この話題を表立って口にする人もいなくなったのだそうだ。

両親なら知っていてもおかしくはないが、あえて聞かせる話でもないと、黙っていたのかもしれない。

「もう、あのころのユージーンさまったら痛ましくてとても見ていられませんでしたよ」

オーダム夫人は「はあ……」と重いため息を吐き、嘆く。

「エメラインさまの代わりにと舞い込む縁談をことごとく無視されて、社交の場にもほとんど顔を出されなくなりました。元から仕事一筋のお方ではありましたが、今のように病的なほど打ち込まれるようになったのは、ちょうどあのころからです」

（そう……だったの……）

それだけ当時の彼は、婚約者と部下の裏切りに傷ついたのだろう。

（きっと私とは違って、エメラインさまのことを心から愛していたのね……）

シャーロットはユージーンの胸中を思い、切なくなった。

何より、エメラインのことが羨ましく、妬《ねた》ましい。

そしてそんな醜《みにく》い感情を抱く自分が、嫌で嫌でたまらなかった。

「………」

シャーロットは痛みを堪えるみたいな顔できゅっと唇を嚙み、俯く。

そんな女主人に同情したのか、バージルが慰めるように言った。

「奥さま、全ては過去のことです。エメラインさまとの婚約はお互いのご両親が決めたものでしたが、シャーロットさまを妻に迎えると望んだのは、ユージーンさまご本人。何も案じることはありません」

「バージル……」

（でも、でもね、バージル……。ユージーンさまが私を選んだのは、私が魔法のお菓子を作れるから。それだけが理由だったのよ……）

するとその時、オーダム夫人が思案顔でぽつりと呟いた。

「過去のこと、ねぇ。それにしては、最近……」

「オーダム夫人っ」

バージルがすぐさま家政婦長を咎める。

「あっ……」

オーダム夫人はしまったとばかり両手で自分の口を押さえたが、バージルの叱責は止まらなかった。

「昔から君はおしゃべりがすぎる。考える前に口を開く癖をどうにかした方がいいのではないかね？」

「ご、ごめんなさい。奥さまも、申し訳ありませんでした」

「オーダム夫人、最近って、何？　何かあったの……？」

「おほほ。なんでもありませんよ。お気になさらず」

オーダム夫人は笑って誤魔化したが、シャーロットは素直に頷けなかった。

「お願い、知っていることがあるなら教えて」

「奥さま……」

バージルの反応からして、愉快な話ではないのだろう。

それでも聞きたい。いや、聞かなければと思った。

一歩も引く気のないシャーロットに、オーダム夫人が困り顔で、助けを求めるようにバージルを見る。

老執事は、こうなってはもう仕方がないとばかりに嘆息して、言った。

「奥さまには、私からご説明申し上げます」

「ありがとう、バージル」

「この件はユージーンさまから口止めされておりまして、私とオーダム夫人、そして数人の使用人しか知りません」

であるにもかかわらず、口を滑らした者もいますが……と、バージルは咎めるような視線をオーダム夫人に向けた。

彼女はすっかり縮こまり、「固く唇を閉じておくわ」と言う。

「奥さまも、何卒《なにとぞ》ご内密にお願いいいたします」

「わかったわ。誰にも言わない。だから教えて、バージル」

「はい。……ですが、私共もユージーンさまの真意はわからないのです」

そう前置きし、バージルは語り出した。

「ユージーンさまは数日前から人を遣わし、新しい家を探されていて……」

「家……?」

「ええ、王都にある物件をいくつか見ておられました。さらに、その……」

言いにくいことなのか、彼はいったん口を噤む。

しかし先を促すシャーロットの視線に負けて、再び言葉を紡いだ。

「ユージーンさまは、エメラインさまらしき女性と連絡を取り合っておられるのです」

「えっ……」

(エメラインさま……。以前、婚約者だった方と……?)

「まったく！　こんなに素敵な奥さまを迎えられたというのに、どうして今更自分を裏切った相手を愛人になさろうとするんでしょうね！　信じられませんよ」

「オーダム夫人！　固く唇を閉じておくのではなかったのかね！」

（あい……じん……？）

元婚約者と連絡を取り合い、王都で新しい家を探している。

それはすなわち、ユージーンがエメラインを愛人として別宅に囲うつもりなのだと、オーダム夫人は言っているのだ。

「奥さま、まだそうと決まったわけでは。何か事情がおありなのかもしれませんし」

「そう……ね」

バージルの言う通り、何か事情あるのかもしれない。

彼らも、ユージーンの口から「エメラインを愛人として迎える」と、はっきり言われたわけではないようだ。

真偽のほどはまだわからない。ただの思い過ごしという可能性もある。

シャーロットはそう自分に言い聞かせ、二人に「話してくれてありがとう」と礼を言うと、居間を後にした。

「……っ」

オーダム夫人とバージルの前ではなんとか堪えていたものの、一人きりになったとたん、涙が滲んでくる。

（ユージーンさま……っ）

彼はいったいどんな理由があって家を探し、エメラインらしき女性と連絡を取り合っているのだろう。

ユージーンの真意が知りたい。

シャーロットはそう思ったが、しかしそのあとすぐ、王宮から彼の手紙が届いた。

どうやら、ユージーンは今夜も帰ってこられないらしい。

結局何も判然としないまま、シャーロットはより深くなった悩みを抱え、夫のいないベッドで一人休むことになったのだった。


翌日の午後も、シャーロットはリオノーラに呼ばれ、レンフィールド侯爵邸を訪ねていた。

今日は義母の監督のもと、シャーロットが苦手にしているダンスのレッスンを受けることになっている。

しかし、彼女は昨夜の話が頭から離れず気もそぞろで、まったく集中できなかった。

何度もステップを踏み間違えたり、ターンする方向を誤って体勢を崩し、転びかけたりと、失敗続き。あまりの醜態に、ダンス講師は怒りを通り越して呆れていた。

リオノーラからも「どこか身体の具合が悪いのではない？　お医者さまを呼びましょう

か？」と心配されてしまい、かえって申し訳なくて、身の縮む思いだった。

（せっかくお義母さまが一流の講師を招いてくださったのに、台無しにしてしまった……）

シャーロットは暗澹《あんたん》とした気持ちで、帰りの馬車に乗り込む。

彼女の隣には今日も付き添ってくれたメアリーが座り、ほどなく馬車が動き出した。

「………」

座席の背もたれに身を預け、シャーロットは車窓越しに王都の街並みを眺める。

普段はもっと大きな通りを行くのだが、いつも使うルートで荷馬車が横転する事故があったらしく、今も混雑していると情報が入って、普段とは違う道を進むことになった。

馬車二台すれ違うのがやっとの道幅しかないため、二人を乗せた馬車は速度を落とし、ゆっくりと走る。

初めて通る道に、初めて目にする景色《けしき》。なんとはなしに外へ目を向けていたシャーロットは、ふと、可愛らしい外観の店に視線をとめる。

（この通り沿いにも、菓子店があったのね）

店先の吊《つ》り看板によると、お菓子だけでなくパンも扱っているようだ。

今度、寄ってみようか。

そう思ったシャーロットだったが、しかし次の瞬間、思いがけないものを目にしてはっと息を呑んだ。

（ユージーンさま……!?）

そう。今日も王宮で執務に追われているはずの彼が、菓子店から出てきたのだ。

しかも傍らに、若い女性を伴って。

（黒髪に、青い瞳……。まさか、彼女がエメラインさまなの……？）

菓子店の袋を両手で抱えているその女性は身形こそ質素だったが、結い上げた黒髪は艶やかで、お人形のように整った顔立ちをしている。

少しやつれて見えるのもまた、彼女の儚《はかな》げな美貌を際立たせていた。

（何を……話しているのかしら……）

二人は店先で言葉を交わしている。

彼らの声まではさすがに届かないので内容はわからなかったが、シャーロットの目には、二人がとても親密な間柄に見えた。

（あっ……）

何事かを言ったあと、ユージーンの手が彼女の持っていたお菓子の袋を取り上げる。

おそらく、代わりに持つと言ったのだろう。

エメラインと思《おぼ》しき女性が、彼ににこりと微笑みかける。

そしてユージーンも、彼女にふっと笑顔を返して――

「……っ」

シャーロットはとっさに顔を背けた。

これ以上は、とても見ていられなかったのだ。

（ああ……）

まるで心臓をぎゅっと鷲摑みにされたような心地がして、苦しい。

昨夜の段階ではまだ、二人の仲は「もしかしたらそうかもしれない」という可能性の話に過ぎなかった。その時でさえショックだったのに、二人の仲睦まじい姿を実際に目の当たりにしてしまったのだ。辛くないわけがない。

「奥さま？　どうなさいました？」

車窓から目を逸らし、俯いてしまった主人に、メアリーが声をかける。

「な、なんでもないの。ちょっと、今日の失敗を思い出してしまって……」

侯爵邸での失態を振り返り、落ち込んでしまっただけだと誤魔化して、シャーロットは苦笑を浮かべる。

メアリーはそれで納得してくれたようで、「大奥さまはちっとも怒っていらっしゃいませんでしたし、大丈夫ですよ。次に挽回《ばんかい》すればいいんです」と慰めてくれた。

「ありがとう、メアリー」

うそをついてしまった後ろめたさを感じつつ、シャーロットは礼を言う。

そして再び車窓に目を向けた時にはもう菓子店の前を通り過ぎており、二人の姿を見ることはできなくなっていた。

（ユージーンさま……）

彼は幸せそうに笑っていた。

ユージーンのあんな笑顔、自分は久しく向けられていない。

彼の心はもう、自分のもとにはないのだ。

いや、そもそも結婚当初、ユージーンが情熱的に自分を求めてくれたのは、魔法のお菓子のせいだった。

けっして、自分自身が彼に愛されていたわけではない。

おまけにこのごろの自分は魔法のお菓子も作れず、ユージーンの役に立てていなかった。

シャーロットが魔法をまったく使えなくなったことを未だ彼は知らないはずだが、媚薬めいた効果がつくとわかってから、ユージーンの希望に沿うことができずにいた。

自分が魔法の件を告白するまでもなく、彼はとうに期待外れのシャーロットを見限り、本当に愛する人と結ばれていたのだ。

エメラインはきっと婚約者を裏切ったことを後悔し、ユージーンのもとに戻ってきたのだろう。

（ああ……）

まるで巷《ちまた》で人気の恋物語のようだと、シャーロットは思う。

紆余曲折《うよきょくせつ》あって一度は離れ離れになった恋人同士が、苦難を乗り越えて再び結ばれる。そして自分は、その物語を盛り上げるための脇役に過ぎない。

（ユージーンさまはやはり、彼女をお傍に迎えられるのね。そしてその時、私は……）

お飾りの妻として、屋敷に残される……？

ユージーンは新しい家を探しているらしいから、そちらへエメラインを住まわせるのだろう。そこへ通うつもりなのか、あるいは彼も一緒に暮らすのかはわからないが。

けれどユージーンのことだから、エメラインをいつまでも愛人のままにはしておかず、時期を見て自分と離縁し、彼女を妻に迎えるつもりでいるのかもしれない。

「……っ」

悲しい想像ばかりが頭を過って、シャーロットは他に何も考えられなくなった。

第七章

その後どうやって屋敷に戻ったのか、シャーロットはよく覚えていない。

ただ彼女はずっと心ここにあらずといった様子で、機械的に帰宅後の予定を消化していった。

一人きりの夕食をとり、湯浴みを済ませ、夫婦の寝室に入る。

広々とした部屋が、今宵はやけに寒々しく感じられた。

ユージーンは、今日も帰りが遅くなるらしい。そう知らせる手紙が夕刻、シャーロットのもとに届いた。

一人で使うには大きすぎるベッドの縁に腰かけ、シャーロットはぼうっと思いに沈む。

「…………」

彼女の心を占めるのは、エメラインと幸せそうに笑っていた夫、ユージーンのことだ。

自分はいつ、彼に別れを切り出されるのだろう。

（……っ）

その瞬間を想像しただけで、胸が締め付けられる。

「離れたく……ない……」

ユージーンと離縁するのは嫌だ。これからも彼の傍にいたい。

けれどなんの力にもなれず、愛されてもいない自分が、どうしてユージーンの妻であり続けられるだろう。

シャーロットはもうずっと、「別れたくない」「いや、彼のためにも身を引くべきだ」という考えを行ったり来たりしていた。

するとその時、ガチャリと音を立てて扉が開く。

はっと身を固くするシャーロットの視線の先に立っているのは、今まさに彼女の心を悩ませていた夫、ユージーンだ。

彼はシャーロットがまだ起きているとは思っていなかったのか、驚いた顔をする。

「……ただいま、シャーロット」

「お、おかえりなさいませ、ユージーンさま」

「こんな時間まで、俺を待っていたのか……?」

（あ……）

そういえば、手紙には『自分を待たず、先に休んでいるように』と書いてあった。

寝室の柱時計を見ると、深夜零時をとうに過ぎている。思い悩んでいる間に、ずいぶんと時が進んでいたらしい。

（お気を悪くされたかしら……）

言いつけを守らなかった自分を、ユージーンは不快に思っているのではないか。

そんな不安に駆られ、シャーロットはこちらに歩み寄ってくる夫をおずおずと見つめる。

しかし、続いて投げかけられた言葉は予想外に優しいものだった。

「……ありがとう。待っていてくれて、嬉しい」

「ユージーンさま……」

「本当は、シャーロットの声が聞きたい。君と話がしたいと思っていたんだ」

ただ、だからといっていつ帰れるかわからない自分を待っていてくれとは言えなかった
と、シャーロットの隣に腰かけ、彼は呟く。

「新婚なのに、君をずっと放っておいて、すまなかった」

「いえ、それは……」

大切なお仕事なのだから、仕方がない。

そう言いかけたシャーロットを遮って、ユージーンはなおも謝罪の言葉を口にする。

「寂しい思いをさせてしまって、本当に悪かった。これからはなるべく、シャーロットと
の時間をとれるように努力する」

（……どうして……）

どうして彼は、今になってこんなことを言うのだろう。

そもそもユージーンは、仕事で忙しいはずの時間に、エメラインと会っていた。

これでは、今まで仕事だと言っていたことさえ真実かどうか疑わしい。

(本当はずっと前から、エメラインさまと逢瀬《おうせ》を重ねていたのではないの……?)

屋敷へろくに帰ってこなかったのは、激務のせいではなく、愛する女性と会うためだったのではないか。

「…………」

「シャーロット……?」

きゅっと唇を噛みしめ、押し黙るシャーロットに、ユージーンが気遣わしげな視線を向ける。

彼は、「これからはシャーロットとの時間をとれるように努力する」と言ってくれた。

何も知らずにいれば、ユージーンの言葉を素直に喜べていただろう。

けれどシャーロットはもう聞いてしまった。実際にこの目で見てしまった。

彼の心が本当は、誰のもとにあるのかを。

だから謝罪の言葉さえ、一応は妻であるシャーロットの機嫌をとるためのうそなのでは?と、穿った捉え方をしてしまう。疑ってしまう。

「……っ」

そんな自分が嫌でたまらない。

そして、そういう自分はやはりユージーンの妻として相応しくないのだと、シャーロットは思った。

（もう、終わりにしましょう……）

「……ユージーンさまが、家探しをされていると聞きました……」

彼女は震えそうになる手をぎゅっと握り、彼に尋ねる。

「どなたのための家を、探していらっしゃるの……？」

その答えを、シャーロットはすでに知っている。

けれど、ユージーンの口から改めて聞きたかった。

そうすれば、諦めがつく気がしたのだ。

「誰からその話を……」

ユージーンは目を瞠《みは》り、「もしや、オーダム夫人か……？」と呟く。

「彼女は昔から口が軽いんだ。他言するなと、しっかり命じていたのに……」

「私が無理やり聞き出したのです。オーダム夫人をお責めにならないで」

シャーロットは慌てて、おしゃべりな家政婦長を庇《かば》った。

本当は執事のバージルもその場にいたのだが、そこはあえて言わずともいいだろう。

「ユージーンさまは、その方をとても……」

愛していらっしゃるのですよね、とシャーロットは言いかけたが、胸がぐっと詰まり、口に出せなかった。

「とても……必要と、されているのですよね……？」

「……まあ、そう……だな。だから、王都に住んでもらうための家を探している」

シャーロットにもいずれ話すつもりではいたのだと、彼は気まずげな様子で語った。

（ああ、やはり……）

ユージーンはエメラインを迎え、ゆくゆくは自分と別れるつもりでいる。決まりが悪そうに話すのは、きっと妻を見限る後ろめたさ故だろう。

「…………」

離縁など、したくない。

お願いだから、エメラインさまのもとへは行かないで！　と叫びたい。

だって、彼のことを心から愛しているのだ。

けれど自分一人が我を張って、ユージーンに迷惑をかけるのは嫌だ。

そして、彼を愛しているからこそユージーンの幸せを邪魔したくない。

シャーロットはそう、心を決めた。

「ユージーンさま。私と……」

彼が罪悪感を覚えなくていいよう、自分から別れを切り出す。

それが、シャーロットの選んだ答えだ。

これ以上、ユージーンの邪魔をしたくない。だから、潔く身を引く。

（ううん……）

本当はただ、自分がこれ以上苦しみたくないだけなのかもしれない。

だって、離縁を切り出されるまでの間、愛する人が別の女性のもとへいくのをただ見送ることしかできない日々なんて、地獄ではないか。

それに、エメラインに嫉妬し、妻の地位に固執してしまいそうになる自分の醜い心根を彼に知られたくなかった。

「私と……離縁、してください」

シャーロットは断腸の思いで、ユージーンに別れを告げる。

「……は……？」

突然離縁を申し出られた彼は、ぽかん……と呆けた顔をした。

こんな状況でなければ、シャーロットは「ユージーンさまも、そんな表情をなさるのね」と呑気《のんき》に驚けたかもしれない。それくらい、普段の彼からは想像もつかない顔だった。

「……ははっ。冗談でも、そんな言葉は口にしないでくれ」

しばし放心したのち、ユージーンは苦笑いを浮かべる。

どうやらシャーロット一世一代の決断を、質《たち》の悪い戯言《ざれごと》だと思っているらしい。

「冗談ではありません。私は本気です」

シャーロットは、真剣に離縁を望んでいるのだと彼に言った。

するとユージーンは見る見る顔を顰《しか》め、「絶対に離縁しない！」と叫ぶ。

「ぁ……っ」

あまりの剣幕《けんまく》に、シャーロットはびくっと身を震わせた。

こんな風に夫から、いや、誰かから声を荒げられたのは、生まれて初めてだったのだ。

「っ、すまない」

シャーロットが怯えているのがわかったのだろう。ユージーンは慌てて謝罪の言葉を口にする。

「しかし、どうして急にこんな……。俺のことが嫌いになったのか？」

（どうして……って）

何故彼は、別れを渋るような物言いをするのか。

（離縁を望んでいるのは、ユージーンさまの方なのに……）

シャーロットの瞳に、じわりと涙が込み上げてくる。

「だって、あなたは本当は、エメラインさまと結婚されたいのでしょう？」

「はあっ!?」

ユージーンはぎょっとした顔で、驚きの声を上げた。

「そんなこと、微塵も考えていない！」

「えっ……」

今度は、シャーロットが驚愕《きょうがく》する番だった。

「だ、だって、エメラインさまの家を探しておられるって……」

彼女を愛人として囲うための家を探している。

そうオーダム夫人から聞いたのだと、シャーロットは言い募《つの》る。

「彼女まで誤解しているのか……」

ユージーンは嘆息し、思いがけないことを言った。

「俺が探していたのは確かにエメラインのための家だが、そこにはニールも一緒に住むことになっている」

「え……？」

「ニールはエメラインと駆け落ちして彼女の夫になった、俺の元部下だ。俺が探していたのは、二人のための新居だよ」

「ど、どうして？　ユージーンさまはその……駆け落ちされたショックで仕事中毒になってしまわれたほど、エメラインさまを愛していらっしゃったのでしょう？」

だというのに、彼は何故、憎い恋敵《こいがたき》と愛する人の新居を探してやっているのか。

「そんな風に思われていたのか……」

ユージーンは苦虫を噛《か》み潰《つぶ》したような顔で唸《うな》る。

「違う、のですか？」

「全然違う」

彼が言うには、そもそもエメラインに恋愛感情を抱いたことはなく、政略結婚の相手としか見ていなかったのだそうだ。

おまけに彼は二人の仲を認めており、エメライン達が駆け落ちした時も、こっそり手を貸していたのだという。

故に失恋の痛みで仕事中毒になったわけではなく、ただ単に信頼できる部下が抜け、負担が増してしまっただけらしい。

「ニールのあと、周りの勧めもあって新しい事務官を迎えたんだが……」

お世辞にも仕事ができるとは言いがたい人物ばかりだったという。

「当時の俺には、部下を育てる余裕なんてなかった。いなくなって初めて、自分がどれだけニールに助けられていたか、思い知ったよ」

そしてユージーンは部下を持つことを諦め、一人で仕事を抱えるようになった。

「その方が、気が楽だったから。でもこの前、シャーロットが心配して、俺に言ってくれただろう？」

「え、ええ……」

自分がいらぬおせっかいを焼いて、彼を怒らせてしまった夜のことだ。

「あの時は、シャーロットや義父上にまで心配をかけてしまった自分が不甲斐なくて、苛立って、あんな突き放したような物言いをしてしまった。本当に、すまない」

「い、いえ……！」

「自分でも、薄々わかってはいたんだ。今のままではいずれ限界がくると」

だからユージーンは、部下を持つことを前向きに考え始めたのだという。

そしてそんな折、エメラインから手紙が届いた。

彼女とニールは駆け落ち後、エメラインの実家である伯爵家の追っ手から逃れてあちこちを転々としていたそうだが、最近になって王都近郊の農村に身を寄せたらしい。

しかし数年にも及ぶ逃亡生活と、慣れない肉体労働の果てに、ニールが身体を壊してしまう。エメラインがなんとか繕い物の内職で家計を支えていたが食べるのもやっとで、ニールの回復もままならない。

そこで、彼女は「せめてニールだけでも助けてほしい」と、ユージーンに手紙を送ったのだ。

エメラインもニールも家族とは絶縁状態なので、他に頼れる相手がいなかった。

「……こう言ってはなんだが、俺としても渡りに船の連絡だった」

ちょうど、ニールがもう一度自分のもとで働いてくれたらと、思っていたところだったらしい。

「彼は本当に優秀な事務官なんだ。ニールがいてくれたら、だいぶ助かる。新しく部下を迎えても、一から教育するだけの余裕も出てくるだろう。何より、シャーロット。君と……」

　彼は傍らに座る妻の顔を見つめ、言った。

「君と過ごす時間も、ちゃんと持てるようになる」

「ユージーンさま……」

「もし駆け落ちの件で居心地が悪いなら、王宮ではなく、この屋敷に勤めてくれてもいい。どちらにせよ王都で暮らした方が、二人の生活もよくなるだろう」

　そう考え、ユージーンはエメラインに返事を書いた。

　ニールに再び部下として働いてもらいたいと思っていること。そしてその返事の如何《いかん》にかかわらず、援助するつもりでいることを認めたらしい。

「ニールは俺の申し出を受け入れてくれたよ。それで、彼を王都の病院に入院させた。エメラインには病院近くの宿に滞在してもらっているが、いつまでも宿暮らしじゃ落ち着かないだろう？　二人から希望を聞いて、新居を探させていたんだ」

　ニールを部下として迎えるにあたり、いずれはジェファーソン伯爵家とも話をつけなければならない。しかし、ニールの体調が完全に回復するまでは下手な横やりを入れられたくなくて、内密に動いていた。だから、使用人にも詳しい事情を話していなかったのだそうだ。

それをオーダム夫人とバージルが「ユージーンさまは元婚約者を愛人として囲おうとしている」と誤解し、シャーロットも鵜呑《うの》みにしてしまったのだ。

「じゃあ、私が今日見たのは……？」

「今日？」

「あ、あの……」

シャーロットはレンフィールド侯爵家からの帰りに、菓子店から出てくるユージーンとエメラインを見たのだと話す。

「ああ、そういえばたまたま会議までの予定が空いて、エメラインとニールの見舞いに行ったな。菓子店では、ニールに差し入れるお菓子を買ったんだ。彼は甘い物が好きだから……」

「そう、だったのですか……」

「もしかして、俺とエメラインが逢引《あいびき》していると思ったのか？」

「……っ、ご、ごめんなさい……」

（仲睦まじいご様子だったから、てっきり……）

彼女はこうと思い込み、本人に確かめもせずに決めつけていた自分を恥じた。

「いや、ちゃんと説明せずにいた俺が悪い。すまなかった、シャーロット」

ユージーンはシャーロットを責めることなく、自分の落ち度を詫びる。

「嫌な思いをしただろう。君の侍女……メアリー……だったか？　彼女が、シャーロットはずっと元気のない様子でいる、もっと妻のことを気にかけろと、俺に忠言してきた」

「メアリーが……？」

「ああ、君はいい侍女を持ったな。……俺とエメラインのことで、悩ませてしまっていたんだろう？　本当に申し訳なかった。しかし重ねて言うが、俺はエメラインに恋愛感情を抱いたことはないし、彼女をニールから奪いたいとは思っていない」

何より俺は……と、ユージーンは言葉を繋げる。

「俺は、シャーロットと別れたくない」

（ユージーンさま……）

「君の方は、仕事仕事でろくに家庭も顧《かえり》みない俺に、すっかり愛想を尽かしているのかもしれないが……」

「そんなことはありません！」

寂しいとか、心配だと思いこそすれ、この国や民のために一生懸命働いているユージーンを責める気持ちはない。

「ただ、私は……」

シャーロットは、エメラインとの件が誤解だったこと、彼が自分と離縁する気はない、別れたくないとはっきり言ってくれたことが嬉しかった。

けれどその一方で、自分は彼の妻に相応しくない、別れるべきだという思いが、変わらず胸に燻り続けている。

(だって、私は……)

「私は、ユージーンさまのお役に立てないから……」

「……？　どういうことだ……？」

シャーロットはきゅっと唇を引き結び、俯く。

このことを告げたら、彼は考えを変え、別れを望むかもしれない。

しかし、これ以上黙っているわけにはいかないだろう。

「……っ、私は……」

彼女は意を決し、口を開いた。

「魔法を、使えなくなったのです」

媚薬めいた効果を消すどころか、魔法そのものが発動しなくなったのだと、シャーロットは告白する。

「ずっと黙っていてごめんなさい。私はもう、魔法のお菓子を作れません」

そんな自分に価値はなく、ユージーンの妻でいる資格もない。

「ごめんなさい……」

罪悪感や別れの悲しみ、やるせない感情が次から次へと込み上げてきて、シャーロットの瞳を濡らす。

「シャーロット……」

ユージーンはきっと自分に失望し、離縁したいと思うはずだ。

シャーロットは悲壮な覚悟を持って、彼の言葉を待つ。

けれど、ユージーンは――

「たとえ魔法が使えなくても、俺の妻は君だけだ」

そう言って、シャーロットの身体をぎゅっと抱き締めてくれた。

（え……？）

夫の胸に抱かれ、彼女は戸惑う。

「ユージーン……さま……？　どうして……」

（だって、私はもう、あなたに魔法のお菓子を作ってあげられないのに……）

「確かに最初は、魔法のお菓子目当てでシャーロットと結婚した。でも、君と夫婦でいたいのは、もうそれだけが理由じゃない」

疑問に思う彼女の心を読んだかのように、ユージーンは言った。

「シャーロットと暮らすうち、俺は君の可愛らしさや優しい心根に触れて、シャーロット自身に惹かれていったんだ。君を妻として、一人の女性として、大切に思っている。だから、別れたくない」

「うそ……」

「うそじゃない。君は、夫婦の間に愛情はいらない……なんて考えていた心の寂しい男に、妻を愛する喜びを教えてくれたんだ」

それから……と。彼は少々ばつの悪そうな顔で告白する。

「同僚達にお菓子を差し入れたいと君が言ってくれた時、きつい言葉で断って悪かった。俺が食べられないシャーロットのお菓子を他の男に食べさせたくなかったんだ。独り占めしたかった。君のお菓子も……シャーロットも」

ユージーンはわずかに身を離し、彼女の頬にそっと手を添え、囁く。

「俺は君が可愛くて、愛おしくてならない」

「ユージーンさま……」

「誰にも渡したくない」

熱を孕んだ紫の瞳に見つめられ、息が苦しくなるほど、心臓が早鐘を打つ。

「君を愛している」

「……っ」

彼の言葉に、眼差しに、偽りは感じられない。

ユージーンは本当に自分を想ってくれているのだと、信じられた。

「わ、私……っ」

シャーロットの瞳から、涙がぽろぽろと零れる。

しかし堰《せき》を切ったように溢れてくるのは、何も涙だけではなかった。

「私も、ユージーンさまを愛しています」

夫婦として共に過ごすうち、心惹かれていったのはシャーロットも同じ。

そして彼を想っているからこそ、別れなければならないと思っていた。

けれどユージーンは、たとえ魔法が使えなくてもシャーロットがいいと言ってくれた。

自分の妻は、シャーロットだけだと。

「たくさん勘違いして、勝手に思い込んで、離縁したいなんて言って、ごめんなさい……っ」

「いや、俺も言葉が足りなかった。不安にさせてすまなかった」

泣きながら謝る妻を、ユージーンは許し、慰めてくれた。

「魔法を使えなくなったこと、ずっと一人で悩んでいたんだろう?」

「……はい……」

「気づいてやれず、悪かった」

そう謝って、彼はシャーロットの頬を流れる涙を優しく拭う。

「君にきつい態度をとってしまったあとも、後ろめたくて……。シャーロットを避けるような真似をしてしまった。本当にすまない」

「ユージーンさま……」

それを言うなら、自分も一緒だ。また彼の機嫌を損ねるのが怖くて、きちんと向き合えずにいた。

もっと早く、お互いに腹を割って話していたら、誤解を深めることもなかったろう。

「私も、本当にごめんなさい」

「いや、君は何も悪くない。俺が……って、これじゃあきりがないな」

ユージーンはふっと苦笑を浮かべる。

つられてシャーロットも、困ったように微笑んだ。

「そうですね」

申し訳ないと思う気持ちは尽きず、このままではいつまでだって謝っていそうだ。

「なら今回は、これで仲直り……ということにしよう」

そう言って、ユージーンはシャーロットの唇にちゅっと口付ける。

(あっ……)

ほんの少し触れるだけのキスをして、彼が顔を離す。その表情は、まるで悪戯《いたずら》に成功した少年のように笑っていた。

（ユージーンさま……）

シャーロットの胸が、甘くときめく。

やっぱり自分は彼のことが好きだと、心から思った。

そして――

「シャーロット……」

「ユージーンさま……」

想いを通わせ合った夫婦がただ一度のキスで満足できるはずもなく、二人はどちらからともなく唇を合わせる。

仲直りのキスは、お菓子を食べてもいないのに、なんだかとっても甘く感じられた。


「んっ……」

二人は寄り添い、何度も口付けを重ねる。

最初触れるだけだったキスは、次第に深い接吻《せっぷん》へと変わっていった。

ところがここへきて、ユージーンが「あっ」と声を上げる。

「ユージーンさま……？」

「すっかり忘れていた……」

なんでも彼は、使用人に湯浴みの準備をさせていたらしい。

元々、寝室には入浴前に少しだけシャーロットの様子を見るつもりで寄ったのだそうだ。

「身を清めたら、すぐに戻ってくる。だから、その……」

ユージーンは気恥ずかしげな顔で、シャーロットに尋ねる。

「また君に、触れてもいいだろうか」

「ユージーンさま……」

彼の瞳には、いつかと同じ情欲の炎が灯《とも》っていた。

きっと、今のようにただお互いの身体を抱き締め合い、キスをするだけでは終わらないだろう。

もちろん、ユージーンは魔法のお菓子を口にしていない。彼は他ならぬ自分の意思で、シャーロットを欲しているのだ。

シャーロットは、それが嬉しかった。

そして自分もまた、彼に触れられたいと思った。

だから彼女は羞恥心に頬を染めつつ、こくりと頷く。

「シャーロット……」

彼は、そんな妻がいじらしく、可愛くてならないとばかり息を呑んで、シャーロットの身体をぎゅっと抱き締めた。

「ありがとう。急いで湯浴みを済ませてくる」

そして彼女の唇にちゅっと口付けると、急ぎ足で寝室を後にした。

あの様子では、本当にすぐにでも戻ってきそうだ。

「…………」

シャーロットはそわそわと落ち着かない気持ちを抱え、夫の帰りを待つ。

先ほどからもうずっと胸がドキドキと逸り、苦しかった。

（あ……）

ふいに、初めてこの寝台でユージーンに抱かれた初夜の記憶が頭を過る。

あの時もとても胸が騒いで、心臓が飛び出してしまうかと思った。

（とても恥ずかしくて、少し怖くて、不安で……）

けれどそれ以上に幸せな時間だった。

その幸福なひとときを、自分はこれからもう一度迎えるのだ。

「……っ」

なんだか居ても立ってもいられなくなって、シャーロットは寝室と続き間になっている小部屋に向かう。ここは彼女用の化粧の間として使われている部屋で、奥には両親から結婚の祝いにと贈られた立派な鏡台が置かれていた。

そこに座り、シャーロットは自分の髪を丁寧に梳《くしけず》る。

少しでも綺麗な姿でユージーンを迎えたいという気持ちが、むくむくと湧いてきたのだ。

本当はもう一度湯浴みして、身体を隅々まで磨きたいくらいだったが、さすがにそんな時間はないだろう。ユージーンを待たせるのは忍びないし、自分も待ちきれない。

お化粧も、今までの経験からして涙や汗でどろどろになってしまうので、控える。

（その代わり、といってはなんだけれど……）

シャーロットは、髪とうなじに少しだけ香水をつけた。これは大好きなオレンジやバラ、ジャスミンなど数種類の花を配合した、一番のお気に入りである。

ふわりと鼻を掠める繊細で甘い香りに、気持ちがほっと安らぐ。

以前、ユージーンもこの香水をいい匂いだと言っていた。だから今宵も、きっと喜んでくれるはず。

（あ……）

だが、こんないかにも準備万端といった体で待ち構えていたら、ユージーンに引かれてしまうだろうか。

そんな心配が、心の隅に生まれる。

（で、でも、髪を梳《と》かしたくらいだし。香水だって、私はあまりやらないけれど、寝る前につける人はいるわ）

むしろ、他にもっと何か工夫すべきか。

いやしかし、あまりやりすぎるのも……と悩んでいると、寝室の方から扉の開く音が響く。

「シャーロット？　いないのか？」

早々に湯浴みから戻ったユージーンが、姿の見えない妻を呼んでいる。

シャーロットは慌てて小部屋を出た。

「す、すみません。ちょっとこちらで支度していて……」

「ああ、よかった。待っている間に嫌になって、逃げてしまったのかと思った」

ユージーンはホッと息を吐いて、こちらに歩み寄ってきたシャーロットをそっと抱き締める。ちゃんと乾かす間も惜しんで来たのだろう。彼の銀色の髪は、まだしっとりと濡れていた。

(嫌になんて、ならないわ)

どころか夫の帰りが待ち遠しくて、落ち着きなく動き回っていたくらいだ。

「……甘い匂いがする」

ユージーンがシャーロットの肩に顔を埋め、ぽつりと呟く。

「君のお気に入りの香水だ。もしかして、俺のために？」

「はい……」

シャーロットは面映ゆさに頬を染めつつ、頷く。

大好きな人のために、少しでも素敵な自分でいたいという気持ちが、普段寝る時にはつけない香水を、彼女に纏わせたのだ。

「なんて可愛いんだ……」

「ユ、ユージーンさま……」

「シャーロット、甘い香りを放つ君は、まさしく花の妖精のようだな」

(えっ……)

それはさすがに褒めすぎでは？　と、シャーロットは狼狽える。

けれど、どうやら彼は本気で言っているらしかった。

「シャーロットは本当に可愛くて魅力的だ。この美しい髪も……」

抱擁を解いたユージーンが、そう言って彼女の髪を一房手にとり、口付ける。

「青く澄んだ瞳も」

今度はシャーロットの瞼にちゅっと、触れるだけのキスが与えられた。

「柔らかな頬も、小さなピンク色の唇も」

続いて頬、唇と、立て続けに口付けが降ってくる。

「素晴らしいお菓子を生み出すこの手も」

彼は最後にシャーロットの手をとって、その甲にキスをした。

「健気で優しい、温かな心も。全てが俺の心を惹きつけてやまない。俺にとって君は、何物にも代えがたい宝物だ」

「ユージーンさま……」

彼が、そんな風に思ってくれているなんて……

シャーロットの胸が、トクンと高鳴る。

「今までの俺は、言葉が足りなすぎた」

彼は会話を疎《おろそ》かにし、シャーロットを不安にさせてしまったことを心から反省し、これからは自分の気持ちをちゃんと伝えなければと思ったのだそうだ。

さっそく実践するあたり、真面目なユージーンらしい。

またシャーロットは、そんな彼の気持ちがとても嬉しかった。

ただ……

「愛しているよ、シャーロット」

「……っ」

この調子で甘い言葉を囁かれ続けたら、心臓が持たないかもしれない。

シャーロットは熱くなる頬を両手で抑え、心の中で「きゃあああっ」と身悶えた。

（……で、でも、会話が足りなかったのは私も同じだわ……）

だから、自分も彼に気持ちを伝えなくては。

「わ、私もあい……」

しかし、勇気を出して「愛しています」と言いかけた唇は、ユージーンによって封じられた。

「んっ、んんっ……」

これまでの触れるだけのキスとは違う、深い口付け。

シャーロットは呼吸を忘れるほど、彼のキスに翻弄された。

まるで飢えを満たそうとするかのごとく、ユージーンは妻の咥内を貪ってくる。

そして息も絶え絶え、上気し、瞳を潤ませたシャーロットが愛おしくてたまらないとばかり、熱い眼差しを注ぐのだ。

「可愛い……」

（ユージーンさま……）

今夜だけで何度、彼の口からこの言葉を聞かされただろう。

ユージーンは大きな掌でそっと、それこそ宝物を扱うみたいに、シャーロットの頬に触れ、もう一度キスをする。

「んっ……」

重ねた唇から彼の想いが伝わってくるような、そんな甘い口付けだった。

ついで、ユージーンは妻の身体を横抱きにし、ベッドへ運ぶ。

「あっ……」

シャーロットはシーツの上に優しく押し倒され、燃える瞳で自分を見つめる夫におずおずと視線を返した。

彼の肌を濡らすのは汗か、それとも髪から滴った雫なのか、判然としない。

ただ、湯浴みしたばかりのユージーンはとても色っぽく、対峙《たいじ》しているだけでも見る見る心臓が早鐘を打つ。

「本当はずっと、こうして君に触れたかった」

（あ……）

ろくに肌を合わせることなく過ごした日々を寂しいと感じていたのは、シャーロットだけではなかったのだ。

「もう、我慢しない」

今宵は思う存分睦み合うと、彼は宣言する。

もちろん、シャーロットにも否やはない。元よりそのつもりで、ユージーンを待っていたのだから。

しかしふと、ある懸念が頭を過った。

「あ、あの、ユージーンさま。明日もお仕事が……」

確か彼は、明日も王宮に出仕する予定だったはず。

あまり遅くまで情を交わしていては、仕事に響いてしまうのではないだろうか。

そう心配するシャーロットに、彼は「大丈夫だ」と言った。

「明日は休む」

「えっ」

(仕事中毒と言われるほど仕事人間のユージーンさまが、休みをとる……!?)

彼女は驚きのあまり、ぱちくりと目を瞬かせる。

「ほ、本当に大丈夫なのですか?」

「ああ。実を言うと、前々から休暇をとれとは言われていたんだ。体調を崩した同僚達の代わりに、休日も出仕していただろう? その分しっかり休暇を取得しろと。ちょうど、休んでいた同僚達も徐々に復帰し始めたところだし、明日一日くらい大丈夫だ」

だから心配いらないと微笑って、彼はシャーロットのナイトドレスに手をかける。

(あ……っ)

胸元のリボンを解けばはらりと布がほどけ、二つのふくらみが露わになった。

「さすがに、もう痕は残っていないな」

最後に身体を重ねた日から、もうずいぶんと時が経っている。

かつて彼が刻んだ赤い花は、全て消えてなくなっていた。

「また……」

真っ白な胸元を見つめ、ユージーンは囁く。

「ここにたくさん、痕を残してもいいか?」

シャーロットが己のものであるという証を、刻み込みたい。

そう自分への執着心を覗《のぞ》かせる彼にドキドキと胸を逸らせつつ、シャーロットは真っ赤な顔で、こくりと頷いた。

「……はい。たくさん、つけてくださいませ……」

「……っ」

ユージーンは何故かはっと虚を突かれたような顔をして、息を呑んだ。

「君は、本当に……」

「……？　ユージーンさま……？」

「……いや、なんでもない」

彼は笑みを浮かべ、かぶりを振る。

それから身を屈《かが》めると、シャーロットの胸元に顔を埋めた。

さっそく痕を残すつもりなのだろう。

「んっ……」

ユージーンの鼻息が肌に当たって、こそばゆい。

思わず身をよじるシャーロットの肌に、彼の唇が吸い付いてくる。

しかもそれだけでなく、ユージーンは二つのふくらみを両手でやわやわと揉み始めた。

「あぁっ……」

彼の大きな掌にかかると、柔らかな胸は容易く形を変える。

「あっ……んっ、んぁ……っ」

唇と手、両方で同時に攻められ、シャーロットの唇から甘い声が零れた。

(恥ずかしい……)

でも、気持ち良い。

ユージーンに触れられた先から官能の火が灯り、全身に熱が広がっていく。

かつて、魔法のお菓子は彼に媚薬めいた効果をもたらした。

けれどシャーロットにとっては、ユージーンこそが媚薬そのものだ。

彼に触れると心が甘く蕩け、欲望が理性を凌駕《りょうが》する。

(ユージーンさま……っ)

もっとして。もっとキスして。

そうねだるみたいに、シャーロットは彼の背に両手を回し、抱き寄せる。

「あっ……」

妻の気持ちを察したのか、ユージーンはさらに熱心に愛撫を施した。

「んっ、あっ、ああっ……」

乳房をただ揉まれるだけでなく、その頂にある敏感な実を指の腹で捏ねられ、摘ままれ、時には唇でちゅうっと吸われる。

「ああっ……」

その度にぞくぞくっと快感が走り、下腹の奥が甘く疼いた。

「ぁ……っ」

「はは……。顔を真っ赤にして、本当に可愛いな……」

「んっ」

いったん顔を上げた彼が、シャーロットの唇をぺろりと舐める。

ついで、ユージーンは彼女の首筋をかぷりと甘嚙《あまが》みした。

「ああっ……」

まるで、狼に食べられているみたい。

でも、彼になら齧られ、貪られてもかまわないとシャーロットは思った。

(だってそれくらい、ユージーンさまのことが大好きなんだもの……)

「ユージーンさまぁ……っ」

「ああ、シャーロット……」

切なげに妻の名を呼んで、ユージーンがその手を再びナイトドレスに伸ばす。

「あっ……」

邪魔な夜着はあっという間に脱がされ、ドロワーズもあっさり取り払われた。

「あ……」

シャーロットは生まれたままの姿を、夫の眼前に晒す。

「いつ見ても、君は美しいな」

「そ、そんな……」

彼女は恥ずかしさのあまり、ユージーンの眼差しを正面から受け止めることができなかった。

しかし、頬を染めて顔を逸らす初心な態度こそ夫の劣情をさらに煽ってしまうのだということを、彼女はまだ知らない。

「み、見ないでくださいませ……っ」

「それは無理な相談だな」

ユージーンはくくっと意地悪く微笑い、シャーロットの全身を舐めるように眺める。

「ううっ……」

シャーロットは、視線で犯されているような心地を味わい、たまらず寝具を引き寄せて身体を隠そうとする。

しかしその手はあっさりと、ユージーンに封じられてしまった。

「隠さないでくれ」

「だ、だって、恥ずかしい……」

「大丈夫。羞恥心も忘れるくらい、夢中にさせてみせるから」

氷のように涼やかな美貌に蠱惑的《こわくてき》な笑みを湛《たた》え、彼は言う。

そしてユージーンはそっと、シャーロットの腹部に触れた。

「んっ」

少しばかり骨ばった指先がつうっと下へ移り、薄い茂みを越え、秘裂に至る。

「あっ……」

「ずいぶん濡れているな」

彼の言う通り、シャーロットの蜜壺はたっぷりと雫を滴らせていた。

「あのまま続けていたら、シーツをぐっしょり濡らしていたんじゃないか？」

「やっ……」

くすくすと笑いながら自分の痴態をからかわれ、彼女は涙目になる。

「そんな、意地悪なことをおっしゃらないで……」

「ああ、すまない。君があまりにも可愛くて、つい」

言葉でこそ謝ってはいるものの、ユージーンはちっとも悪びれる風もなく、シャーロットの頰に口付けた。

それから改めて、彼女の淫花に触れる。

「んんっ……」

くちゅり、といやらしい音を立て、彼の指先があわいに沈む。

「あ、ああ……っ」

シャーロットは下腹の奥からぞくぞくと込み上げてくる快感に切なく身を震わせた。

「久しぶりだから、ちゃんと解しておかないとな」

「んっ、やぁ……っ」

自らが零した蜜を塗り付けるようにして、花弁を擦られる。

それだけでも気持ち良くて腰が浮いてしまったが、時折ユージーンの指先が、最も敏感な花芯を掠めるのがもうたまらなかった。

「あっ、ああ……っ」

じゅぷっ、ずぷっとますます淫靡な音が鳴る。

徐々に激しくなる指の動きに比例して、愛液がしとどに溢れていくのがわかった。

「ああっ、あっ、あっ……」

彼の意図した通り、シャーロットの頭の中は目先の快楽でいっぱいになり、羞恥心が薄らぐ。

その変化を満足げに見やって、ユージーンは指で愛撫するだけに留まらず、シャーロットの秘所に顔を近づけ、唇と舌でも淫花を攻め始めた。

「あっ……んっ、ああっ……」

（だっ、だめっ……。そんな風にされたら、私……っ）

彼の熱い舌が、密に濡れた花びらを舐《な》め回《まわ》す。

「やっ、ああっ、だめぇっ……」

そして、ぷっくりとしこった花芽をちゅっと吸われた瞬間――

「ああああっ」

シャーロットは悲鳴じみた声を上げ、最初の絶頂を迎えた。

「……っ」

性的な緊張でぎゅうっと強張っていた身体から、一気に力が抜けていく。

「……はぁっ、はぁ……っ」

「………」

ユージーンは荒い息を吐き、くったりと横たわる彼女の頰にちゅっと、労るようなキスを贈った。

ついで、いったんベッドから離れると、自分の寝間着に手をかける。

そして裸になった彼は、再びシャーロットのもとに戻った。

「シャーロット……」

「んっ……」

ユージーンは、まだぼうっと果ての余韻に浸る彼女の髪を一房掬《すく》い、口付ける。

それからゆっくりと、シャーロットに覆いかぶさった。

「あ……」

ちらりと見えた彼の自身は、硬く屹立している。

どうやら彼もまた、シャーロットの身体を可愛がるうち、昂《たか》ぶりを覚えていたらしい。

（嬉しい……）

シャーロットの心に、じわじわと喜びが広がっていく。

それだけ彼が自分を求めてくれているのだとわかって、嬉しかったのだ。

だからか、少しばかり凶悪な面相の肉棒も、無性に愛おしく感じられる。

「シャーロット……」

彼は切なげな声で妻の名を呼び、彼女の細腰を抱き寄せた。

続いて太ももをしっかりと摑んで割り開くと、そのあわいに自身を宛てがう。

「んっ……」

入口に当たるユージーンの切っ先は、熱く滾っていた。

かと思うと、いつになく性急に剛直を押し込まれる。

「んあっ……！」

一息に最奥まで突かれて、一瞬、息が止まった。

「ユ、ユージーンさま……」

「すまない。もう……っ」

彼はシャーロットの身体をぎゅうっと抱き締め、矢継ぎ早に腰を動かし始めた。

「あっ、ああっ……」

きっとシャーロットが思う以上に、ユージーンの我慢は限界に近かったのだろう。

硬い肉棒が、濡れた花びらを容赦なく擦る。

「ああっ」

たまらず、シャーロットは甘い声で啼《な》いた。

「あっ……んっ、あっ、あっ、あっ、ああっ……」

「はあっ……シャーロット……、っ、シャーロット……っ」

彼の動きが、さらに激しさを増していく。

（ああ……）

気持ち良い。気持ち良くて、もう他のことは何も考えられなくなる。

シャーロットは、全身を駆け巡る快感に身悶えた。

「はあっ、はっ、はぁっ……」

「あっ、ああっ」

ユージーンの荒い吐息と、彼女の嬌声が重なる。

彼の声はとても艶っぽく、壮絶な淫靡さを孕んでいて、シャーロットはよりいっそう性感を揺さぶられる心地がした。

（ああっ、ユージーンさまぁっ……）

思うまま腰を打ち付けられ、犯されて、すぐにまた高みへと追い立てられる。

一度自分を果てへと押し上げたあの波が、再び間近に迫ってきているのを、シャーロットは感じていた。

「あっ、ああっ、も……もうっ……」

刹那、シャーロットはびくんっと身を震わせ、絶頂の波に飲み込まれる。

と同時、彼女の蜜壺が震え、ユージーンの自身をきゅうっと締め付けるのがわかった。

「くっ……」

淫花はうねるようにうごめいて、剛直に絡みつく。

「ああっ……」

そして彼はたまらずといった風に、最奥へと白濁を迸らせた。

「あっ……」

熱い精がたっぷりと注ぎ込まれる。

その感覚にさえびくびくっと身を震わせ、シャーロットは軽く果ててしまった。

「ああ……っ」

下腹部が甘く痺れていて、身も心もどうにかなってしまいそう。

間断なく訪れた快楽の波に浮かされ、彼女はもう息も絶え絶えだった。

「はぁ……あっ……」

だがユージーンの方は、一度絶頂に至った程度ではまだまだ治まらないらしい。

繋がったままの彼の肉棒が、またすぐ活力を取り戻していくのを、シャーロットは肌身で感じた。

（ユージーンさま……）

「シャーロット、もう一度……」

「はい……」

もちろん、シャーロットに彼の求めを拒む理由はない。

体力に少々の不安はあったものの、思う存分睦み合いたいという気持ちは、彼女も同じだった。

「ありがとう」

ユージーンはまた、シャーロットの唇に触れるだけのキスをする。

そしていったん自身を抜き去ると、彼女の身を反転させ、今度は後ろから貫いた。

「んあっ……！」

獣じみた体勢で彼と交わるのは、これで何度目だったろう。

わずかに残る理性が、こんな格好は恥ずかしいと断じる。

けれどすっかり快楽に染まっている心は、獣のように犯されることにさえ、悦びを覚えるのだった。

「あっ、ああっ……」

先ほどまでとは違う角度で、花弁を擦られる。

おまけに一度果てたことで余裕が生まれたのか、ユージーンは動きに緩急をつけ、シャーロットを翻弄した。

「はっ……、シャーロットは、こうやって……」

彼はいったんぎりぎりまで自身を引き抜き、先端でぬぷぬぷと入口付近を穿つ。

「浅いところを、攻められるのと……」

「ああっ……」

「こうして……」

今度はぐぷっと音を立て、最奥まで貫かれた。

「奥の方を攻められるのと、どっちが好きだ?」

「あっ、ああっ……」

(そ、そんな……)

シャーロットが答えに窮していると、ユージーンはとたんに攻めの手を緩める。

抜き差しはされるものの、これではまったく足りない。

彼はちゃんと言葉にして答えるまで、おあずけを食らわせるつもりなのだ。

（いや……っ）

どうされるのが好きかなんて、口にするのはとても恥ずかしい。

けれど、このままちゃんと気持ち良くしてもらえないのは、もっと辛い。

「ユージーンさまの、いじわる……っ」

「ああ、すまない。俺はけっこう、底意地の悪い人間らしい」

シャーロットを愛するまで知らなかったと、彼は白々しくのたまう。

「それで、シャーロット？　答えは……？」

「……っ」

シャーロットはきゅっと唇を噛み、シーツに顔を埋める。

真っ赤になったこの顔をユージーンに見られないのは、せめてもの救いかもしれない。

「お、おく……っ」

「ん？」

「おく……が、すき……っ」

浅いところを苛《いじ》められるのも気持ち良いが、奥のもっといいところを容赦なく突かれる方が、シャーロットは好きだった。

「そうか。わかった……」

それじゃあ、たっぷり可愛がってやろう。

そう嬉しげに笑って、ユージーンが彼女の細腰をがっしりと摑む。

「あっ……」

そしてシャーロットの望み通り、最奥目がけて自身の切っ先を突き立てた。

「ああっ……！」

じゅぷじゅぷっと濡れた肉を割って、硬い剛直が押し入ってくる。

あまりの衝撃と快感に、シャーロットは一瞬、目の前で星がちらちらと瞬いた気さえした。

もちろん、ただ一度穿っただけで終わるはずもない。

ユージーンはその後も息つく暇なく、腰を打ち付けてくる。

「あっ、あっ、ああっ、あ……っ」

「シャーロット、シャーロット……っ」

「ああっ、あっ、ユージーンさまぁ……っ」

繫がった場所がきゅんきゅんと疼いて、切なくて、でも気持ち良くて、頭がどうにかなりそうだった。

「あっ、あっ、ああっ……」

たっぷりと蜜を帯びた肉棒に、淫花を蹂躙《じゅうりん》される。

「シャーロット……っ」

自分を呼ぶ声も、背中にかかる彼の熱い吐息も、肌と肌がぶつかり合う音も、天蓋の中に籠るいやらしい匂いも。何もかもが、自分の衝動を駆り立てる。

（ああっ、もう、だめ……。また……っ、いっ……）

たちまち、シャーロットの全身に甘い痺れが走り抜けていった。

「あああ……っ」

悲鳴じみた嬌声を最後に、彼女はふっと気を失った。

それほど強い快楽の波が、シャーロットの意識を刈り取ってしまったのだ。


「あ……」

次に目覚めた時、シャーロットは下着とナイトドレスを身に着けた状態で、ベッドの中、夫の胸に抱かれていた。

「ユージーンさま……？」

「ああ、目を覚ましたのか」

どうやらシャーロットは、半時ほど気を失っていたらしい。

その間、いつかと同じく彼が身を清め、服を着せてくれたようだ。

「久しぶりだからと、つい、がつがつしすぎた。すまなかった」

「い、いえ……」

ユージーンはシャーロットの頬にそっと手を当て、尋ねる。

「身体は大丈夫か？　痛いところはないか？」

「大丈夫です」

さんざんに穿たれた秘所に違和感はあるものの、男女の交わりにはつきもの。とりたてて痛みを訴えるほどではない。

「なら、よかった」

また彼は他にも、情事の最中に意地の悪いことを言い、シャーロットを苛めた件に関しても謝ってくれた。

（あ……）

あの時のことを思い出すだけで、シャーロットは恥ずかしさのあまり、顔から火が出そうになる。

それに、最中は自分もすっかり夢中になってしまっていたし、ちょっぴり意地悪なユージーンも、彼に苛められることも……その……好き、なので、謝られても反応に困ってしまうのだった。

ただ、そういう葛藤《かっとう》は素直な彼女の顔にしっかりと表れて、ユージーンにも筒抜けだったのかもしれない。

彼は真っ赤な顔で恥じらう妻を愛おしげに見つめ、くすりと笑う。

いつまでも初心なシャーロットのことが可愛くてならないと、何よりもその眼差しが雄弁に物語っていた。

そして彼は言葉でも、その思いを伝えてくる。

「愛しているよ、シャーロット」

そう言って、ユージーンは彼女の身体をぎゅっと抱き締めた。

（ユージーンさま……）

シャーロットは、自分の頬がますます火照り、胸が甘くときめくのを感じる。

ああ、自分はなんて幸せなんだろう。

そしてこの幸福は、きっとこの先も続いていくのだと、心から信じられた。

これが人を愛し、また愛されるという心地なのだ。

「私も、愛しています……」

世界で一番、あなたのことが好き。大好き。

そう想いを伝えるように、シャーロットもまた、ユージーンを抱き締め返す。

そして二人は、どちらからともなくキスをする。

「シャーロット……」

口付けを終え、いったん顔を離したユージーンは、愛する妻の髪をそっと撫で、言った。

「今すぐ、というわけにはいかないが、落ち着いたらまとまった休みをとるから、二人でどこか旅行にでも出かけようか」

「まあ……」

何よりも仕事優先で生きてきた彼が、そんな提案をしてくるなんて……

シャーロットは少しの驚きと嬉しさを胸に、にっこりと微笑む。

「素敵ですね。でも……」

「でも……？」

彼にはこれからも、自分の好きなことを全うしてほしい。

もちろん、無理は禁物。健康を第一に考えて、ではあるが。

だから、まとまった休暇がとれるのであれば、ゆっくりと身体を休めてほしい。

シャーロットはそう、ユージーンに語った。

「私は、あなたとこうして一緒にいられるだけで、十分幸せですから」

「……っ。君は、本当に……っ」

「えっ……？」

ユージーンは何故か、ぐっと苦しみを堪えるような顔をする。

もしかして、彼の気に障るようなことを言ってしまったのだろうかと、シャーロットは不安になった。

しかし――

（あっ……）

ぴったりと寄り添っているユージーンの身体の一部が固く盛り上がっていて、なんとなく彼の気持ちが察せられた。

「シャーロットが可愛すぎて、勃《た》った」

「……っ」

（や、やっぱり……！）

シャーロットはかあああっと頬を熱くする。

「俺の愛しい奥さん。すまないが、もう少し……付き合ってもらえるだろうか？」

（ユージーンさま……）

愛しい旦那さまにそんな風にお願いされて、どうして断れるだろう。ましてや意図してやったことではないとはいえ、彼がこうなってしまったのは、自分の言動が原因なのだ。

シャーロットは真っ赤な顔で、こくりと頷いた。疲れはあったけれど、少し眠って休んだせいか、だいぶましになっている。

「ありがとう、シャーロット」

ユージーンは妻の唇にお礼のキスをして、再び彼女のナイトドレスへ手をかける。

そうして二人は思う存分、互いの愛を確かめ合ったのだった。

エピローグ

シャーロットが離縁を申し出、結果的に誤解が解けてユージーンと両思いであったと知った夜から、早くも一週間ほどが過ぎた。

ユージーンは相変わらず激務に追われる生活を送っているが、それも少しずつ落ち着いてきている。

そして今日、シャーロットは希望通り休みをとれたユージーンを伴って、アッシュベリー子爵邸を訪れていた。

二人が通されたのは、シャーロットお気に入りの温室。ユージーンからプロポーズされた思い出の場所でもあるここで、シャーロットは再び彼とお茶のテーブルを囲む。

しかし、そこに両親や兄妹の姿はない。かといって二人きりというわけではなく、この場にはもう一人、客人がいた。

「――あのちいちゃかった嬢ちゃんが人妻とはのう。儂《わし》も歳をとるわけじゃ」

真っ白い髪と髭《ひげ》を長く伸ばし、黒いローブを身に纏う痩せ型の老人が、しみじみと呟く。

　この老人の名はロードリック・カトラル。かつて王宮に仕えた魔法使いで、シャーロットの魔法を鑑定した人物でもある。

　ロードリックがシャーロットを訪ねて子爵邸にやってきたので、彼女と夫であるユージーンが、共にこの屋敷に呼ばれたのだった。

「そんな……。ロードリックさまはまだまだお若いですわ」

　シャーロットが彼と最後に会ったのは八年ほど前だが、ロードリックの容姿は驚くほど変わっていない。優れた魔法使いや魔女は常人より寿命が長く、老化も遅いと聞いたことがある。だから彼も、実年齢――とうに百を超えているらしい――より若く見えるのだろう。

　おまけにロードリックは、遠い辺境から王都までたった一人、馬に乗ってやってきたのだそうだ。その行動力も体力も、老人離れしている。

「ほっほっほ、嬉しいことを言ってくれる。しかし、儂は老いたよ。王都に来るのに三日もかかってしもうた」

「いや、それでも十分早いと思いますよ」

　ユージーンは苦笑を浮かべ、「普通なら五日はかかります」と言う。

　その距離を二日も短縮してきたのだから、彼の言葉は正しい。

「なあに、可愛いシャーロット嬢ちゃんが困っておると知って、居ても立ってもいられなくなったんじゃ。手紙じゃ埒《らち》が明かん、これは直接会って確かめてやらねば……とな」

ロードリックはしばらく辺境の家を留守にしていたため、手紙を確認するのが遅れたらしい。だが彼は読み終えるなりすぐ王都行きを決め、こうして会いに来てくれた。

（本当に、ありがたいわ……）

「まあ、それでも一足遅かったようじゃが」

老魔法使いはにやっと笑って、卓上のお菓子――チョコレート色のカヌレに手を伸ばした。これは今日、シャーロットが焼いてきたものである。

「……うむ、美味い。そして、疲れが見る見る癒えていく。以前より力が強くなったようじゃな、シャーロット嬢ちゃん」

「ありがとうございます、ロードリックさま」

そう、シャーロットは再び魔法を使えるようになっていた。

それに気づいたのは、ユージーンと心を通わせ合った翌日のことである。

急遽《きゅうきょ》休みをとった彼とのんびりとした時間を過ごしたシャーロットは、ふと彼にまた自分のお菓子を食べてもらいたくなって、厨房に向かった。

特別な力を持つ、魔法のお菓子でなくてもいい。

ただ、自分が心を尽くして作った甘いお菓子を、ユージーンが「美味しい」と食べてくれたら、喜んでくれたら、それだけで十分だと思った。

彼も、久しぶりにシャーロットのお菓子が食べたいと言ってくれた。さらに、お菓子を作るシャーロットの姿が見たいと言って、厨房までついてくる。

そうして、興味津々《しんしん》な様子のユージーンにあれこれと説明をしながら、彼のリクエストであるバターケーキの生地をこしらえたのだが……

『あっ……』

『これは……』

いつもの癖で祈りを込めたら、生地が白く光り輝いたのだ。

もしやと思ったシャーロットは、すぐさま生地を型に注いでオーブンに入れた。

そして焼き上がったバターケーキを二人で食べてみたところ、身体が芯から温まり、前夜の情事の影響で身体に残っていた疲れや倦怠感がきれいさっぱり消えていたのだ。

それはユージーンも同じで、かつ媚薬めいた効果は表れなかった。シャーロットの魔法は、おかしくなる以前のものに戻っていたのだ。

（あの時は、本当にびっくりしたわ）

それから……と、シャーロットはその後の出来事に想いを馳せる。

（ユージーンさまが、『このバターケーキを、ニールとエメラインにも食べさせたい』とおっしゃって……）

彼は魔法のお菓子を、体調を崩しているニールと、貧しい暮らしにすっかりやつれてしまったエメラインに差し入れたいと言った。

自分以外の男にシャーロットのお菓子を食べさせたくないと言っていたユージーンだったが、すでに相愛の相手がいる男性は嫉妬の対象外になるらしい。

もちろんシャーロットに否やはなく、残りのバターケーキをキッチン・メイドに包んでもらい、ユージーンと共に病院へ、ニールのお見舞いに行った。

ニールは茶色い髪に同色の瞳を持つ温厚そうな面立ちの青年で、ユージーンとシャーロットが病室を訪ねると、「わざわざお二人に足を運んでもらって申し訳ない」と言って、終始恐縮していた。

いくらユージーンも納得し、駆け落ちに手を貸してくれたとはいえ、上司の婚約者を奪い、彼の顔に泥を塗ってしまったことは間違いない。

その上、またもユージーンに迷惑をかけていると、ニールは深く気に病んでいるようだった。

『俺はまったく気にしていないと言っても、聞かないんだ。でも、俺がシャーロットと幸せにやっているとわかれば、ニールの罪悪感も薄れていくだろう』

ユージーンはそう言って、自分達の仲睦まじさを見せつけるみたいに、シャーロットの肩を抱き寄せた。

『あっ……』

シャーロットは気恥ずかしさに頬を染めたものの、彼の意図に従って大人しく身を預ける。

『ニールがエメラインと駆け落ちしてくれたから、俺は最愛の人と――シャーロットと出会えたんだ。感謝したいくらいだよ』

そう、シャーロットに愛おしげな視線を向けて微笑むユージーンに、ニールはとても驚いていた。

『ユージーンさまが、あんな風に笑うなんて……』

『ね、びっくりでしょう？　昔のユージーンさまとはあまりに違っていて、私も最初、別人かと思ったもの』

ニールの傍らに寄り添っていたエメラインはくすくすと笑って、昨日一緒に買い物した時も、ユージーンはシャーロットのことを惚気《のろけ》てばかりいたのだと明かす。

『えっ、ユージーンさまが、私のことを……？』

『はい。病院の近くにあるお菓子屋さんに入ったのですが、「あれと同じお菓子をシャーロットも作ってくれた。美味しかった」とか、「ここに並んでいるものより、シャーロットの作るお菓子の方がずっと美味しそうだ。というか、絶対に美味しい」って、お店の商品を食べてもいないのにうるさくって』

『そ、そうなんですか……？』

まさかあの菓子店で、そんなやりとりが繰り広げられていたとは……

『ええ。ユージーンさまったら、シャーロットさまのことをお話になる時、本当にお幸せそうな顔で笑われるんですもの。私、すっかりあてられてしまいましたわ』

（じゃ、じゃあ、あの時……）

馬車の窓から二人の姿を目撃した時、彼がエメラインに笑いかけているように見えたのも……

（私の話をしていたから……）

『～っ』

シャーロットの頬が、かあああっと熱を帯びる。

そんな彼女に微笑ましげな視線を向け、エメラインは言葉を続けた。

『本当は私も、ずっと後ろめたかったんです。私の勝手な我儘で、ユージーンさまにたくさんの迷惑をかけて、自分達ばかりが幸せになったこと……。今回も、結局ユージーンさまのご厚意に甘えてしまって……』

『エメラインさま……』

『ですが、仲睦まじいお二人の姿を見て、心が軽くなりました。ありがとうございます。これからはニールと一緒に、ユージーンさまとシャーロットさまのため、精いっぱい働きます。どうか、よろしくお願いいたします』

エメラインはそう言って、シャーロット達に深々と礼をする。それにニールも続き、シャーロットは慌てて「こちらこそ、よろしくお願いいたします」と礼を返した。

ニールは体調が回復し次第、ユージーンのもとで働いてくれるそうだ。

ただ、やはり駆け落ち騒ぎを起こした身で王宮に復職するのは居心地が悪いだろうとのユージーンの配慮で、宰相補佐官付きの事務官としてではなく、屋敷勤めの私的な側近となり、彼を支えてくれることになった。

そしてエメラインも、ニールと同じく屋敷で働きたいと申し出た。

最初は下働きでもなんでも構わないと言われたのだが、元伯爵令嬢である彼女の能力を活《い》かすなら、侍女の方が合っているだろう。屋敷内での仕事を担当してもらえれば、彼女の顔を見知った他の貴族達から好奇の目に晒されることもない。

ユージーンがエメラインを愛人にしようとしている誤解は、彼自らがバージルとオーダム夫人に事情を説明し、解けている。きっと、二人のことを温かく迎え入れてくれるはずだ。

（お二人が屋敷に来てくれる日が待ち遠しいわ）

あれから何度か見舞いに行ったが、ニールはユージーンが信頼を寄せるだけあって博識で、言動の端々に善良な人柄が窺える好人物。

一度はユージーンとの仲を疑って嫉妬してしまったエメラインも、親しみやすく、さっぱりとした気性の女性で、シャーロットはすぐに二人のことが好きになった。

「――ところで」

……と、数日前の邂逅《かいこう》をしみじみ思い返していたシャーロットの耳に、ユージーンの声が響く。

「シャーロットの魔法がおかしくなっていた原因は、結局なんだったのでしょうか」

（あ……っ）

そうだ。元通り魔法を使えるようになったものの、何故媚薬めいた効果がついたのか。

そして何故、一時的に使えなくなってしまったのか。理由はわからずじまいである。

だが、かつてこの国一の魔法使いと讃《たた》えられたロードリックなら、何か知っているかもしれない。

それを尋ねることも、彼に会いに来た目的の一つだった。

おそらくはロードリックも、その話をするために自分達をここへ呼んだのだろう。

「ふむ……」

老魔法使いは豊かな髭に覆われた顎に手をやり、答える。

「そもそも魔法というものは、時として、使い手の心の状態が大きく影響してしまうことがあるのじゃ」

「心の状態……ですか？」

ユージーンの声に、ロードリックは「うむ」と頷いた。

「不安定な精神状態で行使すると、魔法が暴走しやすくなる。昔々、今よりもずっと魔法使いや魔女が多かった時代には、未熟な若者が魔法に失敗したり、一時的に使えなくなったりすることがままあったらしい。久しくそういった話を聞いていなかったもので、儂もうっかり嬢ちゃんに話しておくのを忘れておったんじゃ。すまんなぁ」

彼は手紙でシャーロットの状況を知り、「そういえば、そういう事例もあったな」と思い出したらしい。

「ここからは儂の推測になるが、シャーロット嬢ちゃんは……」

ロードリックの視線が、シャーロットの隣に座るユージーンへと向けられる。

「そこのやたら綺麗な顔の旦那に恋をして、胸がこう、そわそわ～、きゅんきゅん！　しちゃったんじゃないかね？」

「えっ」

（そ、そわそわ、きゅんきゅんって……）

老魔法使いが自分の胸を押さえ「そわそわ～、きゅんきゅん！」などと言うのに驚いたが、ロードリックの言葉通り自分はユージーンに恋をしたし、胸がそわそわしたり、きゅんっとなることもあった。

「えっと、あの……」

頬を染めて口ごもるシャーロットに、ロードリックはにやにやとした笑みを浮かべ、話を続ける。

「ムフフ、初々しくて可愛いのう〜。それで、あれじゃろ？　おかしくなったのは、初夜の翌朝からなんじゃろ？　ちなみに、どうじゃった？　初めての経験は」

「……っ」

羞恥に駆られ、シャーロットの頬がますます赤くなった。

「ロードリック殿、シャーロットが初々しくて可愛いという点には同意しますが、これ以上余計な口を挟んで彼女を困らせないでくれますか？」

「ユ、ユージーンさま……っ」

「え〜、別にいいじゃろ〜？　シャーロット嬢ちゃんがいかにして大人の女になったのか、儂、とっても興味あ……」

「ロードリック殿？」

ユージーンは、老魔法使いににっこりと微笑みかける。

だがその目は笑っておらず、氷のように冷え切っていた。

「おお、怖い怖い。……わかった、わかったから、そのお綺麗な顔で睨まんでくれ。背筋が凍りそうになるわ」

ロードリックはコホンと咳払いをし、話を戻す。

「つまり、シャーロット嬢ちゃんは恋心やら初めての経験やらで心が不安定になっておった。それに影響され、魔法もおかしくなっておったんじゃないかと、儂は思う」

「そ、そう、なのですか……」

言われてみれば確かに、自分は初めて抱いた恋情や、初めて経験した男女の交わりに戸惑い、良くも悪くも心を揺らしていた。

魔法を使えなくなっていたのも、ユージーンとのことで、悩みを深めていた時期だ。

（あれは全て、私の精神が不安定になっていたから……だったのね）

「うむ。それから、旦那が食った時だけ媚薬めいた効果が表れたというのは、シャーロット嬢ちゃんが無意識に抱いていた願望のせいじゃろう」

「願望……？」

「ああ。嬢ちゃんは、旦那にもっと愛されたい、抱かれたいと願ったんじゃないかね？」

（あ……っ）

大好きな旦那さまに、自分を求めてほしい。

もっと、彼に必要とされたい。愛されたい

そう望む気持ちがまったくなかったといったらうそになる。

「だから、旦那だけ発情するような効果がついたんじゃないかのう？　ふっふっふ、旦那限定の媚薬を生み出すとは、やるのう」

「そっ、そんな……」

そんなつもりはなかった。

けれどロードリックの言うように、魔法が使い手の心に影響されるものならば、ユージーンがああなったのはシャーロットが望んだからで……

「ご、ごめんなさい、ユージーンさま。私、私……っ」

やっぱり自分が悪かったのだと慌てて謝罪するシャーロットに、ユージーンは「謝る必要はない」と言う。

「故意でなかったことは、俺もわかっている。何より、無意識とはいえ、シャーロットも俺を強く求めてくれていた……ということなんだろう?」

それを嬉しく感じこそすれ、疎ましく思ったりはしないと、ユージーンは笑みを深めた。

「ユージーンさま……」

「シャーロット……」

二人は自然と見つめ合う。

しかしそこへ、老魔法使いの笑い声が割って入った。

「ほっほっほ、まったく、ジジイが妬《や》けてしまうくらい仲睦まじいのう。羨ましいのう」

「あっ、も、申し訳ありません……っ」

（わ、私ったら、ロードリックさまもいらっしゃるのに、つい……）

「なあに、謝ることはないよ」

そう言って、彼は面映ゆそうな表情を浮かべるシャーロットを眩しげに見やり、目を細める。

「喜ばしいことじゃ。……結婚当初は嬢ちゃんも色々悩んで不安定になっておったのじゃろうが、今は胸のつかえもとれ、落ち着いているようじゃなぁ」

「……はい」

かつてのシャーロットは、魔法のお菓子を作れなければ、ユージーンに必要とされないと思っていた。

しかし今は、たとえ魔法が使えなくてもユージーンが自分を愛し、欲してくれていると知っているし、信じられる。

その揺るぎない絆《きずな》が心の安定に繋がり、再び魔法を使えるようになったのだろう。

「今のシャーロット嬢ちゃんと、嬢ちゃんが作った菓子をとりまく魔力は温かく、穏やかに調和している。儂が最後に見た時よりも力が強くなっているのは、それだけシャーロット嬢ちゃんの心が成長し、強くなったからなのじゃ」

（私の、心が……）

「人生は長い。この先もまた悩み、魔法が乱れることがあるかもしれん。しかし、困難を乗り越えれば、魔法は再び嬢ちゃんの助けになってくれる。シャーロット嬢ちゃんと、嬢ちゃんの大切な人の力になってくれる」

「ロードリックさま……」

「いい女になったのう、シャーロット嬢ちゃん。これからも、ユージーン殿と仲良くな」

「はい……っ」

からかいのない、まっすぐで優しい老魔法使いの言葉に、シャーロットの胸がジンと熱くなる。

「ユージーン殿も、シャーロット嬢ちゃんを頼んだぞ」

「はい。生涯をかけて彼女を愛し、幸せにすると誓います」

（ユージーンさま……）

初めて彼と顔を合わせた日、ユージーンはこの場所で、シャーロットに「必ず、君を不幸にはしないと約束する」と言ってくれた。

そして今、彼はさらなる誓いを――生涯続く愛を誓ってくれた。

シャーロットを見つめ、蕩けるような笑みを浮かべるユージーンに、かつて感じたような冷たい印象は、もう微塵も残っていない。

「私も……」

彼のことを、心から愛おしく思う。

だから――

「私も、生涯をかけてユージーンさまを愛し、幸せにすると約束します」

不幸にはしない、のではなく、幸せにする。

二人で共に手を取り合い、幸福な人生を歩んでいくのだ。

シャーロットはそう、自分達を温かく見守る老魔法使いの前で、ユージーンへの愛を再度誓ったのだった。

あとがき

はじめましての方も、お久しぶりですの方もこんにちは。なかゆんきなこです。
この度は本作をお手にとっていただき、まことにありがとうございます。
シャーロットとユージーンの物語、楽しんでいただけたでしょうか？

この二人のお話を思いついたのは、本屋さんで一目惚れしたある本がきっかけでした。『世界のかわいいお菓子』という、そのものずばり世界中の可愛いお菓子を紹介している本で、中にはこれまで知らなかった珍しいお菓子もあり、説明文や、お菓子にまつわる逸話を読むのはもちろん、ただ写真を眺めるだけでも楽しめる一冊です。
本当にどのお菓子も可愛くてかつ美味しそうで、見ていると食べたくなります（笑）
私は元々、食べ物を扱った作品を読むのも書くのも大好きなのですが、この本を手にした時、「いつか、お菓子をテーマにした小説を書きたい！」と強く思ったのでした。
そうして生まれたのが、美味しくて、かつ『食べた人が元気になる魔法のお菓子』を作ることができるヒロイン・シャーロットと、最初は魔法のお菓子目当てだったのに、すっかりシャーロット本人にもハマってしまう仕事中毒のイケメンヒーロー・ユージーンです。

本作を書いている間、何度「私もシャーロットのお菓子を食べて癒されたい！」と思ったことか（笑）ユージーンが羨ましくてなりません。

本作を読んでくださった方にも、「お菓子美味しそう」「食べたくなった」と思っていただけたら嬉しいです。

また、このお話を少しでも「面白かった」と感じていただけたら、さらに嬉しいです。


担当編集のHさま。今回も本当にお世話になりました！

こうして無事この作品を刊行できたのも、的確な指摘や助言をくださったHさまのおかげです。メールに添えてくださった感想のお言葉の数々に、いつも励まされていました。

ウエハラ蜂《はち》先生。とても素敵なイラストをつけてくださって、本当にありがとうございました！

シャーロットが本っ当に可愛らしくて、ユージーンが想像以上の美青年で、嬉しいやら萌えるやら、何度も何度も見返してはニヨニヨしていました。

執筆や改稿に行き詰り、「うう、しんどい～」と思う事もしばしばあったのですが、そんな時はいただいたイラストを見て元気をもらっていました。ウエハラ蜂先生の美麗なイラストは、私にとってまさに魔法のお菓子です。

そして、この本の刊行に携わってくださった全ての方々、この本をお手にとってくださった皆さまに、心からの感謝を！

本当にありがとうございました！

またいつか、お会いできる日が来ることを心から願っています。

二〇二〇年　七月　なかゆんきなこ

原稿大募集

ヴァニラ文庫では乙女のための官能ロマンス小説を募集しております。
優秀な作品は当社より文庫として刊行いたします。
また、将来性のある方には編集者が担当につき、個別に指導いたします。

◆募集作品

男女の性描写のあるオリジナルロマンス小説（二次創作は不可）。
商業未発表であれば、同人誌・Web 上で発表済みの作品でも応募可能です。

◆応募資格

年齢性別プロアマ問いません。

◆応募要項

・パソコンもしくはワープロ機器を使用した原稿に限ります。
・原稿は A4 判の用紙を横にして、縦書きで 40 字 ×34 行で 110 枚 ~130 枚。
・用紙の 1 枚目に以下の項目を記入してください。
①作品名（ふりがな）/②作家名（ふりがな）/③本名（ふりがな）/
④年齢職業 /⑤連絡先（郵便番号・住所・電話番号）/⑥メールアドレス /
⑦略歴（他紙応募歴等）/⑧サイト URL（なければ省略）
・用紙の 2 枚目に 800 字程度のあらすじを付けてください。
・プリントアウトした作品原稿には必ず通し番号を入れ、右上をクリップなどで綴じてください。

注意事項

・お送りいただいた原稿は返却いたしません。あらかじめご了承ください。
・応募方法は必ず印刷されたものをお送りください。CD-R などのデータのみの応募はお断りいたします。
・採用された方のみ担当者よりご連絡いたします。選考経過・審査結果についてのお問い合わせには応じられませんのでご了承ください。

◆応募先

〒100-0004　東京都千代田区大手町 1-5-1　大手町ファーストスクエアイーストタワー
株式会社ハーパーコリンズ・ジャパン　「ヴァニラ文庫作品募集」係

冷徹な貴公子、絶倫になる
～仕事中毒だけど溺愛蜜月になりました～

Vanilla文庫

2020年8月20日　第1刷発行　定価はカバーに表示してあります

著　者　なかゆんきなこ　©KINAKO NAKAYUN 2020
装　画　ウエハラ蜂
発行人　鈴木幸辰
発行所　株式会社ハーパーコリンズ・ジャパン
東京都千代田区大手町1-5-1
電話　03-6269-2883（営業）
0570-008091（読者サービス係）
印刷・製本　中央精版印刷株式会社

Printed in Japan ©K.K. HarperCollins Japan 2020 ISBN978-4-596-41258-4